Secrète tentatrice

SOPHIE PEMBROKE

Secrète tentatrice

Traduction française de
ERWAN LARHER

AZUR

HARLEQUIN

Collection : Azur

Titre original :
SOCIALITE'S NINE-MONTH SECRET

HARPERCOLLINS FRANCE
83-85, boulevard Vincent-Auriol, 75646 PARIS CEDEX 13
Service Clients — https://www.harlequin.fr/contenu/contactez-nous
ISBN 978-2-2805-1735-5 — ISSN 0993-4448

Édité par HarperCollins France.
Composition et mise en pages Nord Compo.
Imprimé en juillet 2025 par CPI Black Print (Barcelone)
en utilisant 100% d'électricité renouvelable.
Dépôt légal : août 2025.

FSC MIXTE Papier FSC® C159065

Pour limiter l'empreinte environnementale de ses livres, HarperCollins France s'engage à n'utiliser que du papier fabriqué à partir de bois provenant de forêts gérées durablement et de manière responsable.

1

Après un long vol transatlantique, une nuit blanche dans un hôtel de l'aéroport et des heures interminables dans la voiture avec chauffeur qu'elle avait louée pour la conduire de Londres en Cornouailles, la vue du premier panneau signalant le village de Rumbelow fit naître un sentiment d'intense soulagement dans le corps tendu de Willow.

Elle avait presque réussi ; et surtout, si elle en croyait l'absence de vagues autour d'elle sur les réseaux sociaux, sans se faire repérer, ce qui était le plus important.

Personne ne chercherait Willow Harper, top model et jet-setteuse, en Cornouailles alors qu'elle était censée être à New York. Même ceux qui se souvenaient de ses débuts, lorsque Rowan, sa sœur jumelle, et elle, encore adolescentes, étaient des mannequins en vogue, ne savaient pas où Rowan s'était réfugiée lorsqu'elle avait quitté les podiums six ans auparavant. Leur famille n'avait aucune racine dans cette partie de l'Angleterre, et Rowan avait littéralement disparu – des réseaux sociaux et de toute vie mondaine. Willow soupçonnait qu'elle était la seule personne au monde à savoir où elle se trouvait.

Elle n'avait pas vu sa jumelle depuis six ans, sauf par

écrans interposés, car elles s'appelaient régulièrement. Mais aujourd'hui elle avait besoin de son aide.

Son silencieux chauffeur prit un virage, à la sortie duquel apparut le petit port de Rumbelow. La mer scintillait sous le soleil de ce début de printemps. De petits bateaux de pêche et de plaisance dansaient sur les flots, si différents des mégayachts, catamarans et autres goélettes auxquels son milieu social privilégié l'avait habituée aux États-Unis.

La longue berline noire longeait le village à faible allure. À travers les vitres teintées, Willow contempla les cottages aux façades peintes dans des couleurs joyeuses et les rues pavées qui menaient vers le centre.

Elle songea que c'était un endroit plutôt joli pour se cacher aux yeux du monde.

Le cottage de Rowan se trouvait, semblait-il, en bordure du village, qu'ils contournèrent jusqu'à l'autre côté du port. Une majestueuse silhouette de verre et d'acier, visiblement une ancienne station de sauveteurs en mer transformée en habitation luxueuse, brillait en surplomb. Quand le chauffeur arrêta la voiture et descendit pour ouvrir la portière à Willow, elle découvrit une petite maison en pierre avec un toit de chaume, qui donnait sur la plage en contrebas et les falaises au-delà. Le chauffeur ouvrit le coffre et en sortit la valise de Willow, qu'il posa devant la petite barrière en bois blanc. L'air était salé, piquant et frais, agité d'une légère brise.

Willow ouvrit le portail et sonna à la porte. Pas de réponse. Elle fit jouer la poignée : la porte était verrouillée.

— Vous avez les clés, mademoiselle ? demanda le chauffeur. Dans ce cas, je peux rentrer vos bagages, si vous voulez.

— Euh... en fait, je vais attendre ma sœur ici.

Sur le sentier de la falaise, au loin, elle aperçut une silhouette qui s'approchait en courant.

— Vous êtes sûre ? demanda le chauffeur. Je peux attendre, si vous voulez. Au cas où...

— Oui, oui, je vous remercie.

Il fallait qu'il parte, et vite, avant que le joggeur n'arrive et ne commence à poser des questions. Willow fouilla dans son sac et glissa en guise de pourboire quelques billets dans la main du chauffeur.

— Soyez prudent, la route est longue jusqu'à Londres.

L'homme lui jeta un dernier regard sceptique, puis remonta dans sa berline et effectua un demi-tour précautionneux sur le sentier en bord de falaise. La voiture disparut finalement, et Willow poussa un petit soupir de soulagement. Elle s'assit sur sa valise en attendant sa sœur. Du regard, elle suivit le joggeur qui se rapprochait. Un homme. Des jambes musclées dépassaient de son short de course et un T-shirt noir lui collait déjà au torse. Il devait régulièrement secouer la tête pour chasser ses cheveux mi-longs de son visage. Il avançait à une vitesse impressionnante. Willow courait pour rester en forme, évacuer le stress et parce que cela faisait bien sur les photos des paparazzis, mais elle évitait de se retrouver rougeaude et en sueur. Elle réservait ce genre d'effort à la salle de sport privée de son immeuble de Manhattan.

Elle détourna le regard lorsque l'homme atteignit la barrière et, se levant rapidement, laissa tomber sa veste en cuir sur ses bagages dans l'espoir qu'il ne les remarquerait pas. Elle les poussa même légèrement du pied derrière la haie basse plantée contre la clôture de Rowan.

— Salut ! lança-t-il s'arrêtant à deux mètres d'elle.

— Euh... oui, salut, répondit Willow, désarçonnée.

À New York, on se saluait à peine d'un signe de tête entre voisins.

Tu n'es plus à New York, Willow.

Elle se souvint que Rowan lui avait dit un jour que son voisin était son meilleur ami. Était-ce lui ? Peut-être prenaient-ils un café ensemble tous les matins. Peut-être étaient-ils plus que des amis… Quoi qu'il en soit, sa sœur était bonne pour un interrogatoire serré.

— Tu t'es enfermée dehors ou quoi ? demanda-t-il, sourcils froncés. Je peux retourner chercher mon double de clés si tu en as besoin.

Il avait un double des clés. Ils étaient donc bel et bien amis. La bonne nouvelle pour elle, c'était qu'il la prenait pour Rowan, même si sa mine un peu circonspecte laissait penser qu'il devinait que quelque chose n'allait pas.

— Non, tout va bien, merci. Je… je profite juste de cette belle matinée.

Il la regarda de haut en bas, puis de bas en haut.

— Tu as de grands projets pour aujourd'hui ? Tu es particulièrement élégante.

Elle jeta un coup d'œil à ses vêtements au cas où ils se seraient transformés en robe de bal ou en tailleur à sequins. Non, elle portait toujours le même pantalon beige évasé et le même pull noir, avec des bottes en cuir marron.

— Non, une journée… normale. Parfaitement normale.

Elle ne devait pas être vraiment convaincante, car l'inconnu fronça les sourcils, l'air plus perplexe que jamais.

Mi-suspicieux, mi-amusé, Gwyn détailla de nouveau la mise de sa voisine.

Rowan et lui n'étaient pas vraiment des amis proches, mais ils étaient voisins et, comme ils habitaient les deux maisons les plus excentrées du village, ils avaient appris à se connaître. Chacun avait un double des clés de l'autre, et ils bavardaient régulièrement – surtout à propos de la vie du village et de ses habitants.

Mais jamais, depuis des années qu'ils se fréquentaient, il n'avait vu Rowan maquillée, soigneusement coiffée, portant des bottes cirées et des vêtements unis. Et il ne l'avait jamais vue non plus cacher une valise sous un manteau en cuir.

Il en avait déduit qu'elle se rendait quelque part et ne voulait pas qu'il le sache – ni le reste du village, probablement. Rumbelow était tout petit et, même si les habitants laissaient les nouveaux venus vivre leur vie sans poser trop de questions, cela ne signifiait pas qu'ils ne les observaient pas. Ou qu'ils ne parlaient pas d'eux dans leur dos.

Gwyn n'était pas vraiment un nouveau venu. Il soupçonnait Rowan de le penser : n'avait-il pas acheté la maison la plus ostentatoire, la plus chère et la plus moderne de tout le village lorsqu'il était revenu de Londres ? Il en avait fait l'acquisition parce qu'elle était la plus éloignée du centre de Rumbelow tout en restant dans le village, parce qu'il n'y avait qu'une seule maison aux alentours et parce qu'il adorait regarder la mer depuis les immenses baies vitrées, qui étaient autrefois les portes du hangar où étaient rangés les canots de sauvetage.

Pour autant qu'il le sache, Rowan ignorait que sa famille était installée dans le village depuis des générations, et que sa sœur et son neveu y vivaient encore. Elle ignorait aussi qu'il avait grandi ici, qu'il avait déménagé, puis qu'il était revenu quand sa vie s'était effondrée.

Il soupçonnait également Rowan de croire que personne ne savait qu'elle avait été une mannequin célèbre, alors que la nouvelle s'était répandue dans le village dès le jour de son arrivée. Les habitants de Rumbelow étaient simplement trop polis et respectueux pour en faire toute une histoire, d'autant qu'elle ne voulait manifestement pas qu'on en fasse toute une histoire.

Rien de tout cela n'expliquait pourquoi elle était assise là, une valise à ses pieds et l'air de se rendre à Londres pour une séance de photos de mode. Peut-être que c'était le cas. Peut-être que c'était ce qu'elle essayait de lui cacher. Mais si Rowan voulait garder ses secrets il n'y voyait aucune objection. Après tout, il avait les siens et n'avait aucune envie de les partager.

Alors, il adressa un dernier sourire à sa voisine et, avant de reprendre sa course, lui lança :

— Alors, profite bien de ta journée !

Il commençait à dévaler la colline en direction du village lorsque soudain il vit arriver Rowan en face de lui, son grand panier en paille sur l'épaule. Elle était vêtue de sa très longue jupe turquoise et rose, d'un T-shirt blanc et d'un sweat-shirt à capuche. Elle lui sourit et lui fit un signe de la main.

Il cligna des yeux, faillit trébucher, se retourna l'espace d'une foulée, puis continua sa course.

Les secrets des autres ne le regardaient pas, leurs problèmes non plus, toutefois il était curieux de savoir pourquoi le top model Willow Harper était à Rumbelow et se faisait passer pour sa sœur jumelle…

Willow se ressaisit lorsque sa sœur apparut dans son champ de vision, grimpant depuis le village d'un air joyeux et détendu. Cette joie qui irradiait aussi de Rowan lors de leurs appels vidéo était réelle, Willow n'avait aucun doute là-dessus. Cependant, elle avait le sentiment qu'il manquait quelque chose, que Rowan se contentait d'être joyeuse à défaut de pouvoir être heureuse.

Pour qui te prends-tu ? lui demanda une petite voix intérieure. *Tu recherches activement le bonheur, toi, peut-être ?*

Elle devait bien s'avouer que non ; qu'elle avait passé les années précédentes à se contenter de l'image et des apparences au détriment de la profondeur et de la substance, dans tous les domaines de sa vie.

Mais c'est fini, désormais. Terminé !

Et peut-être que sa nouvelle résolution de s'améliorer pourrait aider sa sœur à trouver *vraiment* sa voie – même si elle doutait de l'efficacité de son plan pour résoudre ses propres problèmes. Avant tout elle avait besoin de temps et d'espace, de se poser pour réfléchir et prendre des décisions.

Rowan était la seule personne au monde sur laquelle Willow pouvait compter pour l'aider dans cette quête. Elle avait pensé à l'appeler ou à lui écrire pour la prévenir de son arrivée, mais elle n'avait aucune confiance en la fiabilité de ces moyens de communication, et elle ne pouvait pas se permettre de voir son secret éventé.

Elle vit Rowan se figer en constatant sa présence, puis se précipiter vers le portail en farfouillant dans son panier.

— Qu'est-ce que tu fais ici ? murmura-t-elle d'une voix paniquée.

Elle extirpa un trousseau de clés de son panier, ouvrit la porte et poussa presque Willow à l'intérieur. Ce n'était pas vraiment l'accueil qu'elle avait espéré, mais c'était sans doute le prix à payer pour avoir débarqué à l'improviste.

Rowan claqua la porte derrière elles.

— Depuis combien de temps es-tu ici ?

— En Angleterre ou sur le pas de ta porte ?

— Les deux.

Willow posa son grand sac fourre-tout sur le sol, à côté d'une petite desserte sur laquelle trônait un antique téléphone à cadran rotatif ridiculement peu pratique.

— Je suis arrivée en Angleterre hier soir, dit Willow. J'ai

séjourné dans un hôtel près de Heathrow, puis un taxi m'a déposée ici il y a une dizaine de minutes. J'ai essayé d'appeler, mais...

Elle jeta un nouveau coup d'œil dubitatif au vieux téléphone afin d'étayer son petit mensonge.

— Ça ne capte pas toujours très bien, dans le coin, expliqua Rowan.

Willow suivit sa jumelle jusqu'à la cuisine située à l'arrière du cottage. La pièce était bien plus lumineuse que l'entrée et le petit salon. Elle avait vue sur un jardin désordonné qui donnait l'impression que quelqu'un avait essayé d'y faire pousser des légumes.

C'était vraiment un autre monde.

Rowan posa son panier sur la vieille table de ferme en bois et commença à en sortir ses emplettes.

— Croissant ? lui proposa-t-elle.

Ses nausées matinales avaient pratiquement disparu, ce qui signifiait qu'elle avait sans doute dépassé la douzième semaine, du moins si elle en croyait les sites Internet qu'elle avait consultés. Mais après ce long trajet en voiture son estomac se retourna à la perspective de la pâte feuilletée. Elle secoua la tête. Rowan s'assit en haussant les épaules et croqua dans un croissant.

Willow observa la cuisine, avec ses chaises dépareillées de couleurs différentes et ses pots de lavande posés devant la fenêtre. C'était un endroit ensoleillé et joyeux, qui ressemblait à Rowan.

Willow ne s'était jamais sentie aussi peu à sa place de toute sa vie.

— Alors, pourquoi es-tu venue jusqu'ici ?

Willow s'assit sur une chaise peinte en vert sauge et poussa un long soupir.

— J'ai besoin de ton aide, Rowan.

— Houla ! Ça ne sent pas bon.

Willow comprenait la réaction de sa sœur. Ce n'était pas ainsi que les choses se passaient, autrefois. Jamais elle n'avait demandé l'aide de Rowan, cela avait toujours été l'inverse, depuis leur enfance. Elle était la plus forte des deux, et Rowan celle qui avait besoin d'être protégée. Lorsque celle-ci avait pris la décision de s'enfuir, Willow l'avait soutenue, avait tout organisé et avait affronté la fureur de leur mère. Elle avait fait face dans la tempête tandis que sa sœur se cachait.

Or, cette fois-ci, il fallait que les rôles s'inversent. C'était au tour de Willow de demander une faveur.

— De quoi as-tu besoin ? demanda Rowan avec prudence.

Willow jeta un coup d'œil vers la bouilloire.

— Je crois qu'on va avoir besoin d'une bonne tasse de thé.

— Je vais avoir un bébé.

Willow crut que sa sœur, qui venait de lui servir une tasse, allait lâcher la théière.

— Quoi ?! Tu es... *enceinte* ? Comment est-ce arrivé ?

— Ce n'était pas prévu, en tout cas.

Willow soupira et attrapa sa tasse. Elle souffla sur la surface avant de boire une petite gorgée de thé.

— Qui est le père ?

— Ben, bien sûr ! s'exclama-t-elle, outrée par ce que pouvait sous-entendre une telle question. Pour qui me prends-tu ?

À la décharge de sa sœur, celle-ci n'avait jamais rencontré Ben, même si Willow avait souvent évoqué leur relation.

— Il est au courant ?

Willow grimaça, tourna la tête et laissa son regard se perdre dans le jardin. Parler à Ben était la dernière chose qu'elle avait envie de faire en ce moment, mais comment le faire comprendre à Rowan ? Comment expliquer leur relation à sa fleur bleue de sœur, qui croyait qu'un jour on trouvait à la fois l'homme ou la femme de sa vie et l'amour éternel ?

— Les choses entre Ben et moi..., commença-t-elle, hésitante. Disons que ce n'est pas ce que j'appellerais un environnement stable. Pas l'idéal pour élever un enfant.

— Te fait-il du mal, physiquement ou émotionnellement ? Parce que tu n'es pas obligée de retourner avec lui si...

— Non, non, ce n'est pas le problème, soupira Willow. Il est... je veux dire, nous sommes... Bref, tout le monde pense que nous vivons une romance idyllique. Le top model et le brillant P-DG, qui mènent ensemble une vie parfaite et glamour, follement amoureux l'un de l'autre.

— Et ce n'est pas vraiment la réalité ? demanda doucement Rowan.

Si tu savais ! songea Willow en réprimant un ricanement cynique. Pourtant, elle allait devoir lui dire la vérité, même si elle en avait honte, même si ses mots sembleraient déplacés dans ce cottage de conte de fées posé au bord de la mer.

— Tu sais, il y a des jours où je ne suis même pas sûre que nous nous aimions. Au début, nous nous sommes mis ensemble parce que c'était bon pour nos images et nos carrières respectives. C'était ce dont nous avions tous les deux besoin. Il nous était facile de faire semblant.

Des images de leur première rencontre lui revinrent à l'esprit. C'était au cours d'une soirée organisée par une connaissance commune, qu'ils avaient passée à se jauger pour déterminer ce que chacun aurait à offrir à l'autre. Car, dans le milieu mondain huppé qu'ils fréquentaient tous les deux, tout n'était que statuts symboliques, apparences et échanges de bons procédés. Même l'amour.

La moue désabusée de Rowan lui donnait l'impression d'être l'héroïne pitoyable d'un mauvais film à l'eau de rose.

— Très bien, raconte-moi l'histoire, lâcha sa sœur, comme à contrecœur.

2

Gwyn ralentit sa course en repassant devant le cottage de Rowan sur le chemin du retour. Aucun signe de la jeune femme ni de celle qu'il supposait être sa sœur.

C'était suspect.

Normalement, par une journée aussi ensoleillée, Rowan aurait dû être dans le jardin. Or elle ne s'y trouvait pas, et les voilages aux fenêtres de la cuisine avaient été tirés.

Une visite clandestine, donc.

Rowan n'avait jamais parlé de sa sœur jumelle. S'il n'avait pas croisé la vraie Rowan quelques instants après avoir vu à la porte de son cottage celle qu'il avait prise pour elle, il aurait supposé qu'elle s'était mise sur son trente et un pour une occasion spéciale et il en serait resté là.

Pendant son footing, son esprit n'avait cessé de ressasser cette double rencontre. Il ne connaissait pas assez bien Rowan pour avoir décelé que la femme plantée devant sa porte n'était pas elle : ils étaient amis, certes, mais d'une manière assez distante – d'ailleurs, il n'était même pas sûr que Rowan le considérait comme un ami.

Il ne pouvait de toute façon pas se montrer plus amical qu'il ne l'était avec Rowan avec qui que ce soit. Gwyn ne voulait pas laisser entrer de nouvelles personnes dans sa vie, et il lui avait semblé qu'il en allait de même pour Rowan, donc la situation convenait à tout le monde.

Pourtant, maintenant qu'il y pensait, la fausse Rowan s'était comportée différemment de la vraie. Son attitude avait été plus assurée. Rowan n'avait jamais dégagé un tel aplomb. Il avait perçu une sorte de tension nerveuse en elle durant leur bref échange, mais l'étincelle qui brillait dans son regard ne s'était jamais éteinte. Il n'avait jamais ressenti cela en discutant avec Rowan de la collecte des ordures ou de la météo.

Cependant, une question essentielle demeurait en suspens : pourquoi la jumelle de Rowan avait-elle voulu lui faire croire qu'elle était sa sœur ? Et pourquoi était-elle ici, d'ailleurs ? Attendait-elle quelque chose de Rowan ?

Il ne s'attarda pas trop sur la question, car la vie des autres ne le concernait pas, ce qui évitait qu'elle devienne un problème dans la sienne. C'était très bien ainsi.

Mais lorsqu'il arriva sur les marches menant à la terrasse qui entourait la moitié de sa maison l'y attendait une des rares personnes dont la vie le concernait – et causait souvent des problèmes dans la sienne...

Gwyn posa les mains sur ses cuisses tandis qu'il reprenait son souffle.

— Sean. Tout va bien ?

Il connaissait déjà la réponse à cette question puisque son neveu ne venait le voir qu'en cas de problème. Toutefois, Sean se contenta d'enfoncer les mains dans les poches de son jean et d'acquiescer.

— Oui, tout va bien. C'est juste que... il y a quelque chose dont je voulais te parler.

Gwyn jura intérieurement. Il était la pire personne à venir consulter si l'on avait besoin d'un conseil. Il passa devant Sean pour déverrouiller la porte latérale et ils entrèrent.

— Tu en as parlé à ta mère ?

— Oui. Elle m'a dit que tu serais le mieux placé sur ce sujet, mais que tu ne voudrais pas en parler.

Gwyn se tendit. Cela ne présageait rien de bon. Il se dirigea vers la cuisine, son neveu sur les talons. Il sortit une bouteille d'eau du réfrigérateur et en but une longue rasade.

— Café ? demanda-t-il.

Sean hocha la tête. Gwyn plaça deux tasses sur le support de sa machine expresso à grains et appuya sur le bouton adéquat, le regard perdu sur la mer à perte de vue. De nouveau l'envahit le sentiment qu'il était là où il devait être. Il était assez proche de sa sœur et de Sean pour être disponible s'ils avaient besoin de lui, et assez loin des autres pour ne pas devoir se mêler à la vie du village. Et à tout moment il pouvait descendre les marches à l'arrière de sa maison et plonger dans la mer, ou prendre la barre du petit bateau amarré à son ponton.

Lorsqu'il était revenu précipitamment vivre à Rumbelow, il était en panique, au fond du trou. Il avait squatté le canapé de sa sœur pendant les six premiers mois, puis il avait décidé de rester et d'acheter sa propre maison. À ce moment-là, il avait découvert que l'ancienne station de garde-côtes venait d'être mise en vente. Il avait vu cela comme un signe et l'avait achetée.

Il soupira. Il voulait prendre une douche, puis réfléchir à ce qui se passait avec Rowan et sa sœur. Mais son neveu avait besoin de lui – et de café. Alors, il se retourna vers lui et lui tendit une tasse.

— Alors, raconte.

— C'est Kayla.

— Oui, je m'en doutais,

Kayla était la petite amie de Sean depuis environ six mois. Cette relation était probablement le seul sujet sur lequel Gwyn se sentait plus compétent que sa sœur. En tout cas, il était plus à l'aise qu'Abigail pour en parler avec Sean.

Il attendit silencieusement que son neveu en dise plus, mais son esprit faisait déjà des heures supplémentaires. Kayla était-elle enceinte ? Sean avait-il l'intention de la demander en mariage ? L'un d'eux avait-il trompé l'autre ?

— Elle pense que nous devrions aller à Londres et essayer de nous y faire une place sur la scène musicale, lâcha enfin Sean.

Le souffle de Gwyn se bloqua dans sa gorge. Bien sûr, il aurait dû y penser. Il savait à quel point la musique était importante pour Sean et Kayla. Ils s'étaient rencontrés lors de la soirée hebdomadaire « scène ouverte » organisée par l'un des pubs du village. Semaine après semaine, ils s'étaient rapprochés et aujourd'hui, en plus d'être ensemble, ils formaient un excellent duo. Si talentueux que Gwyn aurait dû les encourager.

Mais au lieu de cela il se contenta de dire platement :

— Tu n'es pas prêt.

— C'est ce que j'ai dit à Kayla, affirma Sean. Il nous faut davantage de chansons. Nous en avons quelques-unes dont nous sommes fiers, mais le reste, ce sont des reprises. Je ne veux pas y aller avant d'être parfaitement au point.

— Tu as raison.

Une fois encore, ce n'était pas ce qu'il avait voulu dire.

— Kayla pense que nous serons inspirés par le simple fait d'être à Londres. Sauf que nous n'avons pas d'argent pour voir venir. Il nous faudrait travailler à côté pour payer le loyer.

— Exactement, approuva mécaniquement Gwyn.

Sean argumentait tout seul contre un départ, ce qui l'arrangeait bien.

— Nous ne devrions pas partir tout de suite, n'est-ce pas ?

Sean posait sur lui un regard empreint de vulnérabilité et d'incertitude. Il faisait clairement confiance à son oncle pour lui dire la vérité, pour le conseiller au mieux en laissant de côté son propre passé. Mais ce passé refusait de se laisser mettre de côté.

— Écoute, je pense que tu as raison. Londres est impitoyable, et l'industrie de la musique l'est encore plus. Si tu penses ne pas être prêt pour la bagarre, c'est que tu ne l'es pas. Prends le temps qu'il faudra pour bien faire les choses.

Gwyn avait vu comment l'industrie musicale pouvait broyer des vies. Son meilleur ami n'y avait pas survécu. Comme Sean et Kayla, Darrell et lui étaient alors jeunes, talentueux et déterminés. Ils avaient emménagé à Londres pour y traquer la gloire et la fortune. À force de travail et de persévérance, ils avaient fini par décrocher le contrat d'enregistrement tant convoité. Puis leur duo, Blackbird, avait rencontré le succès : albums, tournées, unes des magazines spécialisés, affiches géantes dans le métro et sur les bus…

Mais il y avait aussi eu la drogue, la dépression et la mort. La vie que Gwyn aurait pu avoir à Rumbelow lui avait échappé quand il était parti, et il n'avait jamais pu la retrouver. Le jeu en valait-il la chandelle ? Pas selon lui. La célébrité apportait son lot de souffrances en plus de la fortune, et il ne souhaitait à personne de vivre cela. Surtout pas à l'une des deux seules personnes au monde auxquelles il tenait encore.

Il détestait se mêler de la vie d'autrui, mais dans ce cas précis… il devait protéger son neveu. Il ne pouvait pas le laisser suivre le même chemin que lui. Rien n'était plus important.

— Tu fais le bon choix, Sean. Reste à Rumbelow.

Willow avait décidé de raconter à sa sœur la vérité sans fard, aussi peu flatteuse soit-elle pour elle.

Ben et elle s'étaient vite rendu compte qu'ils s'accordaient bien ; pas vraiment sur le plan personnel, mais aux yeux des privilégiés qui fréquentaient les mêmes cercles sélects qu'eux. Chacun était le genre de partenaire dont l'autre avait besoin à ses côtés lors des réceptions et autres mondanités, et surtout sur les photos des paparazzis. Ben O'Donnell était suffisamment riche pour qu'elle sache qu'il n'en voulait pas à son argent ; jeune et beau, il avait suffisamment de succès pour ne pas être intimidé par sa célébrité. Comme ils avaient beaucoup de connaissances en commun, ils se retrouvaient souvent conviés aux mêmes événements.

Le fait que tout le monde s'accorde à la trouver belle semblait être la seule motivation de Ben. Willow n'avait pas cherché plus loin et ils avaient commencé à s'afficher ensemble. Ils avaient été photographiés par des paparazzis, les rumeurs sur leur couple avaient enflé, cela lui avait plu. Elle aimait être vue au bras d'un homme connu, riche et intelligent. Cela lui donnait une sorte de cachet que le simple fait d'être belle ne lui avait jamais octroyé, comme si les gens voyaient la façon dont Ben la regardait et se disaient qu'elle devait être autre chose qu'un physique parfait.

Hélas ! elle avait compris trop tard que, pour Ben, elle n'avait jamais été que cela.

Elle soupira et termina son récit :

— Deux ans plus tard, nous n'avons jamais vraiment eu de conversation sur notre avenir, nos sentiments, ou même sur le fait de savoir si nous nous apprécions assez pour faire plus que passer du temps ensemble en public et faire l'amour chaque fois que nous en avons envie.

— Tu veux lui parler du bébé ? demanda Rowan. Essayer de savoir si vous pouvez fonder une vraie famille tous les deux ?

Willow savait pourquoi sa sœur avait posé cette question. C'était quelque chose que ni l'une ni l'autre n'avait jamais connu. Leur père avait disparu dans la nature au moment de leur naissance, et leur mère n'avait jamais vraiment été la mère de l'année. Elle avait toujours été plus intéressée par l'argent qu'elles pouvaient lui rapporter que par leurs personnalités.

Rowan n'avait très vite plus supporté cette relation uniquement intéressée. Elle s'était enfuie parce qu'elle avait besoin de plus, de mieux. Depuis, elle n'avait jamais reparlé à leur mère. Willow était restée. Leur mère s'était remariée et avait déménagé. Pourtant, il semblait qu'elle avait reproduit le schéma, avec Ben dans le rôle de leur mère : comme celle-ci, il ne l'avait jamais vue que comme un accessoire et non comme une personne.

Mon Dieu ! pourquoi t'a-t-il fallu autant de temps pour t'en rendre compte ?

— Je..., commença Willow, hésitante. Ça a l'air horrible, mais je ne crois pas en avoir envie, non. C'est l'homme avec lequel j'ai passé les deux dernières années de ma vie, en quelque sorte, mais je sais au plus profond de mon cœur qu'il ne serait pas le bon partenaire pour moi. Que nous ne serions pas heureux, et notre enfant non plus.

Le simple fait de dire cela à voix haute le rendait plus réel. Elle s'était peut-être complètement plantée en entretenant une relation avec Ben, et en tombant enceinte, mais elle n'était pas obligée de persévérer dans l'erreur.

— Tu dois quand même lui dire. Surtout si... attends, j'ai sauté une étape : tu sais déjà si tu veux ou non garder le bébé ?

Au moins, la réponse à cette question était facile. Le moment était mal choisi, les circonstances étaient loin d'être idéales, le père n'était pas celui qu'elle aurait dû choisir, mais elle voulait ce bébé.

C'était étrange, dans la mesure où elle n'avait jamais vraiment pensé à la maternité, de même qu'elle n'avait jamais imaginé son mariage ; et le tourbillon incessant de sa vie laissait peu de place à un bébé. Et pourtant, maintenant qu'il était là, qu'il grandissait en elle, il ne lui semblait plus impossible de l'intégrer à son existence. Parce que, d'une manière ou d'une autre, elle allait rendre cela possible.

Elle se savait chanceuse : elle avait de l'argent, ce qui rendait sa situation beaucoup plus confortable que celle d'autres femmes confrontées à une grossesse non désirée. Mais elle disposait également d'un atout supplémentaire, car un amour féroce et inattendu s'était manifesté dès que le test s'était révélé positif. À cet instant, elle avait compris qu'elle ferait tout pour que son enfant ait la plus belle vie possible.

— Oui, avoua-t-elle à sa sœur. C'est peut-être fou, parce qu'il en va de ma carrière, de mon image et de ma vie, et que je n'ai personne pour m'aider à New York, mais je suppose que je saurai me débrouiller. Tout ce que je sais, c'est que je veux devenir mère, et une meilleure mère que la nôtre. Je sais que je dois le dire à Ben, mais c'est juste que je... j'ai besoin de prendre un peu de recul d'abord.

— Je peux comprendre, dit Rowan en souriant.

Willow savait qu'elle ne comprenait pas vraiment. Pas encore. Alors elle choisit ses mots avec le plus grand soin.

— Je sais que si je parle à Ben avant d'avoir pris des décisions il prendra le dessus. Il voudra que tout se passe à sa façon et je ne serai pas assez sûre de moi pour m'opposer à lui.

Ben avait une forte personnalité, ce qui devait se révéler utile dans une salle de réunion, mais déséquilibrait immanquablement toute relation supposée égalitaire. Il prenait ses décisions en une fraction de seconde sur la base des informations dont il disposait, et c'était fini.

D'habitude, Willow se contentait de faire ce qu'il voulait puisqu'il ne s'agissait que de choisir le restaurant chic où dîner, la fête où s'afficher, le lieu de villégiature où être vus. Mais un enfant n'était pas un coup de pub. Et elle craignait que, si elle décidait de lui annoncer son état, il ne la traîne devant l'autel avant même qu'elle ait fini de prononcer le mot « enceinte ».

Or elle ne voulait pas épouser Ben. De cela elle était sûre à cent pour cent.

Mais, si elle savait ce qu'elle ne *voulait pas,* il lui restait à déterminer ce qu'elle *voulait,* afin de pouvoir lui donner sans tergiverser des informations claires et l'empêcher d'imposer sa volonté. Elle discuterait et débattrait avec lui, sans toutefois se laisser convaincre d'agir contre ses propres envies. Elle était donc venue ici pour s'éclaircir les idées avant de parler à Ben.

Rowan tendit la main par-dessus la table et attrapa la sienne.

— Tu peux rester ici aussi longtemps que tu le souhaites, affirma-t-elle avec force. Nous allons tout mettre au point pour que tu puisses repartir avec un plan et faire les choses comme tu le souhaites.

Willow se détendit et sourit à sa sœur.

— Je te remercie. J'espérais... cela va vraiment m'aider.

— Tu es ma sœur. Je serai toujours là pour toi.

Elle espérait que ce n'étaient pas des paroles en l'air, car elle avait autre chose à demander à Rowan. Elle avait l'intuition que ce qu'elle attendait de sa jumelle serait bénéfique pour elles deux, néanmoins il était probable que celle-ci ne le voie pas du même œil – du moins pas dans un futur proche.

Rowan se leva, l'air déterminé. Willow l'arrêta en posant doucement une main sur son bras.

— En fait, j'avais encore besoin d'une chose. C'est beaucoup demander, mais...

— Tout ce que tu veux, la coupa sa sœur.

— J'ai besoin que tu ailles à New York et que tu te fasses passer pour moi. Afin que Ben n'ait pas de soupçons. J'ai besoin que tu sois le top model Willow Harper durant quelques semaines.

Après la visite de Sean, Gwyn avait dû affronter des souvenirs de sa vie à Londres, à l'époque où il était une célébrité. Il avait essayé de les noyer avec un whisky ou deux, assis sur sa terrasse, face à l'océan. D'habitude, le mouvement incessant des vagues le détendait, lui rappelant que le monde était en perpétuel mouvement et que tout finissait par passer.

Il était encore mal à l'aise lorsqu'il était allé se coucher. Il avait rêvé de Darrell, qui lui demandait pourquoi il ne l'avait pas sauvé, pourquoi il n'avait pas été là pour lui. Puis son meilleur ami avait été remplacé par sa sœur, Abigail, qui lui avait demandé la même chose : « Où étais-tu, Gwyn ? J'avais besoin de toi. » Ensuite, Rachel avait à son tour visité ses rêves. En souriant tristement, elle lui avait répété ce qu'il ne savait que trop bien : « Tu n'étais pas là. J'ai dû faire avec et aller de l'avant. »

Il s'était arraché dès l'aube à ce sommeil agité, avait essayé de travailler pendant quelques heures, puis s'était endormi à son bureau. Il avait réussi à se remettre au lit et, lorsqu'il était parvenu à en sortir pour se traîner jusqu'à la douche, la matinée était déjà bien avancée.

Ce n'était pas très grave, puisqu'il n'avait pas vraiment d'obligations professionnelles. Sa carrière de musicien l'avait enrichi au-delà du raisonnable, et comme nombre de ses chansons étaient encore diffusées sur les radios, mais aussi utilisées dans des publicités et des films, l'argent continuait d'affluer. Comme la musique vibrait toujours en lui, il gardait un pied dans l'industrie musicale en écrivant des chansons pour d'autres artistes. Sans Darrell à ses côtés, il lui était impossible de s'imaginer sortir un disque ou donner des concerts.

Gwyn sortit de chez lui, décidé à manger un morceau au village. Le soleil de ce début de printemps était timide, mais il réchauffait les couleurs et faisait briller la mer. Sa maison, située en hauteur juste après le port, disposait, s'il descendait, d'un chemin qui lui permettait à marée basse de rejoindre le village en traversant la plage ou, à marée haute, en contournant la petite anse. En général, il préférait monter les marches à l'arrière de la maison jusqu'au sommet de la falaise, puis redescendre par le sentier. Il y avait moins de risques de croiser quelqu'un, à part Rowan.

Les habitants de Rumbelow l'avaient accueilli sans faire d'histoires lorsqu'il était revenu de Londres. Ils le connaissaient tous depuis sa naissance, se souvenaient de ses parents avant leur mort, connaissaient bien sa sœur et avaient des anecdotes sur les bagarres auxquelles il avait pris part dans son enfance. Mais ils avaient les mêmes souvenirs de Darrell, et ils avaient tous ressenti durement sa perte. Alors personne n'avait insisté, personne n'avait posé de questions, et s'ils parlaient de ce qui s'était passé ils le faisaient dans son dos.

Ils l'avaient accepté, ne lui avaient jamais fait de reproches, mais Gwyn sentait qu'ils ne lui faisaient pas confiance. Il n'était plus l'un des leurs.

Le village était animé, entre les habitants qui venaient chercher des pâtisseries et du pain, ceux qui se retrouvaient pour prendre un café et les premiers touristes qui pointaient le nez au printemps. Au milieu de l'été il n'aurait pas pu obtenir de table dans son café préféré, mais aujourd'hui une place au comptoir l'attendait, près de la fenêtre. Michelle, la serveuse, le salua d'un signe de tête lorsqu'il s'installa. En un clin d'œil, elle lui apporta le café et le sandwich au bacon qu'il avait commandés.

Tandis qu'il observait distraitement la place du village,

il aperçut quelqu'un qui lui semblait à la fois familier et déplacé. Il sourit.

Rowan. Ou pas…

D'habitude, sa voisine portait des vêtements colorés, plutôt décontractés et confortables. Aujourd'hui, elle était vêtue d'un jean visiblement de marque, de bottes à talons, d'un pull blanc et de la veste en cuir fauve qu'il avait vue posée sur une valise la veille. Les vêtements n'étaient pas ostentatoires, mais la manière élégante dont ils étaient portés donnait une impression de luxe, tout comme les cheveux parfaitement coiffés, le maquillage et les lunettes de soleil de prix.

Le fait que la jeune femme ait l'air complètement perdue donnait également à Gwyn un indice sur son identité.

Il baissa la tête lorsqu'elle se tourna vers le café, puis il vit ses bottes se diriger vers la porte, dont la clochette tinta. Gwyn leva les yeux du menu derrière lequel il avait caché son visage. La nouvelle arrivante, qui avait enlevé ses lunettes de soleil, balaya la salle du regard et s'approcha du comptoir.

— Rowan ! Assieds-toi, chérie, je t'apporte ton thé, lui lança Michelle. Tu veux un pain au chocolat ?

Les yeux de la fausse Rowan s'écarquillèrent.

— Oh ! je voulais juste un café à emporter…

Mais Michelle était déjà passée à autre chose et n'avait pas entendu. Elle n'avait donc pas remarqué le léger accent américain dans la voix de celle qui n'était définitivement pas sa discrète voisine. Elle n'avait pas insisté auprès de Michelle, ce qui signifiait qu'elle voulait probablement que les gens pensent qu'elle était Rowan.

Elle resta un moment debout près du comptoir, intimidée et hésitante. Cela fit sourire Gwyn : elle n'avait pas l'air d'être le genre de femme habituellement hésitant ou facilement intimidé. Si ses soupçons étaient justes – et Gwyn n'en doutait plus, à présent –, elle était habituée à ce que les gens se bousculent autour d'elle pour satisfaire ses moindres caprices.

La question qui l'avait effleuré la veille durant son footing revint le tarauder, insistante : que faisait à Rumbelow le top model Willow Harper ? Et pourquoi la jeune femme prétendait-elle être sa sœur ?

Il n'y avait qu'une seule façon de le savoir.

Il se tourna vers Rowan-Willow et leva la main pour lui faire signe de venir. Il lut l'indécision sur son visage aux traits parfaits. Finalement, elle se décida à venir s'asseoir sur le tabouret à côté de lui.

— Bonjour… euh… Gwyn.

— Bonjour, *Rowan*.

Si elle avait remarqué l'accent qu'il avait mis sur son prénom, elle n'en laissa rien paraître.

— Charmante matinée, n'est-ce pas ? dit-il. Le printemps est bel et bien arrivé.

— Oui, charmante, répéta-t-elle avec un sourire crispé.

— Comment se porte ton carré d'herbes aromatiques ?

Gwyn savait que Rowan s'était efforcée de les maintenir en vie ces derniers temps.

— Fantastique ! Elles poussent comme du chiendent.

Cela semblait peu probable. Une preuve de plus que cette femme n'était pas Rowan. Un silence gênant s'étira entre eux, jusqu'à ce que Michelle pose une théière sur le comptoir devant Willow, qui grimaça.

— Tu préfères le café, en ce moment ? demanda-t-il.

— Oh ! non ! Tu me connais, j'aime mon thé, dit-elle sans conviction.

Gwyn avala le reste de son café, puis sortit son portefeuille. Il laissa suffisamment d'argent pour couvrir les deux commandes, se leva et lui sourit.

— Viens avec moi, *Rowan.* Si tu as vraiment envie d'un café, je t'en offre un à la maison. Et peut-être qu'une fois que nous serons seuls tous les deux, ajouta-t-il à voix basse, tu pourras m'expliquer exactement pourquoi tu es à Rumbelow en faisant semblant d'être ma voisine.

3

Pendant une fraction de seconde, Willow envisagea de continuer à jouer la comédie, mais il était clair que ce Gwyn de malheur n'y croirait pas.

Lorsqu'elle avait interrogé Rowan sur lui, la veille, sa sœur lui avait dit qu'il était adorable, mais qu'ils n'étaient pas vraiment proches. Apparemment, lui pensait qu'ils étaient vraiment amis – à moins qu'il ne soit un voisin du genre fouineur. Quoi qu'il en soit, il représentait un problème. Un problème qu'elle devait résoudre si elle ne voulait pas que toute cette histoire se termine avant même d'avoir commencé.

Elle se leva donc et le suivit, le laissant lui tenir la porte tandis qu'elle sortait dans la lumière du soleil printanier. Puisqu'il semblait douter qu'elle était Rowan, elle devrait inventer une meilleure histoire. Elle regrettait de ne pas avoir pu boire son café du matin, cela l'aurait aidée.

Tandis qu'ils s'éloignaient du village, Willow passa mentalement en revue toutes les options qui s'offraient à elle.

Première option : tout annuler. Rowan était sûrement déjà à l'aéroport, mais son vol n'avait pas encore décollé. Elle pouvait l'appeler, lui dire que le pot aux roses avait été découvert et lui demander de revenir et de lui rendre son passeport.

Non, pas question ! La convaincre de partir à New York avait été difficile. Si elle montrait le moindre signe de faiblesse, Rowan reviendrait aussitôt. Or Willow avait aussi proposé cet échange d'identité pour le bien de Rowan, qui avait passé trop de temps retirée dans ce trou perdu, aussi mignon soit-il. Il était temps pour elle de replonger dans la vraie vie.

Au contraire, Willow avait besoin de solitude pour réfléchir, non seulement loin de Ben, mais dans un endroit où il n'aurait jamais l'idée de venir la chercher. Même s'ils étaient séparés en ce moment, il ne devait avoir aucune raison de penser qu'elle n'était pas à New York. Elle n'avait ni défilés ni séances photo à son agenda pour les semaines à venir, au grand soulagement de Rowan. Mais, dans une semaine normale, elle se faisait prendre en photo au moins vingt fois par des inconnus ou des paparazzis et se retrouvait soit dans un magazine people, soit sur Internet. Il suffirait à Rowan de se promener dans Central Park de temps en temps ou de faire une journée de shopping pour que Willow soit couverte. Ben croirait qu'elle était toujours à New York et la laisserait tranquille. Il attendrait qu'elle revienne vers lui : dans sa tête de mâle dominant, un simple texto pour lui demander s'il était libre pour une soirée signifiait qu'elle le *suppliait* de reprendre leur relation... Et, si c'était lui qui la contactait, ce serait avec la certitude qu'elle dirait oui, qu'elle était à sa disposition.

Si elle était honnête avec elle-même, ce n'était pas tout à fait faux. Elle ignorait quel mystérieux pouvoir il avait sur elle, mais il était le seul homme avec lequel elle perdait toute confiance en elle, toute volonté.

Ton problème actuel s'appelle Gwyn, pas Ben ! se dit-elle tandis que la route s'élevait à flanc de colline. *Espérons qu'il est plus simple à gérer...*

L'air iodé et la marche l'aidaient à s'éclaircir les idées, et elle passa à la deuxième option : dire la vérité à Gwyn. Lui avouer qui elle était et prier pour qu'il l'aide. Après tout, Rowan avait dit que c'était un type bien, et il avait manifestement déjà éventé leur combine. Peut-être serait-il prêt à l'aider à garder sa couverture pour le reste du village… Car, apparemment, elle allait avoir besoin d'aide si elle voulait se faire passer pour sa sœur : le fait qu'elles soient physiquement identiques ne semblait pas suffire… Et elle allait devoir réapprendre à aimer le thé !

Une troisième option serait de rester à Rumbelow en tant que Willow, en espérant que personne ne dirait rien. Cependant, c'était un peu trop demander à tout un village de garder un tel secret. De plus, avec le printemps, les touristes commençaient à arriver d'après ce qu'elle avait constaté ce matin-là. Quelqu'un ne manquerait pas d'ébruiter sa présence, même si personne ne s'attendait à croiser un top model mondialement connu dans un minuscule village de Cornouailles.

Au détour d'un virage, le cottage de Rowan apparut. Alors qu'ils s'en approchaient, Gwyn ralentit.

— Doit-on s'arrêter pour aller la chercher ?

Willow ne prit pas la peine de feindre l'incompréhension et secoua la tête.

— Elle est déjà partie.

— Tu sais que très bientôt je vais te demander où.

Elle réalisa à son ton qu'il s'inquiétait sincèrement pour Rowan. *Et peut-être qu'il a raison,* songea-t-elle, la gorge serrée.

— Quand nous serons chez toi, répondit-elle.

Elle devait encore trouver les mots pour tout expliquer sans passer pour une folle. Elle avait été un peu confuse en détaillant son plan à Rowan, mais elle avait toujours su que sa sœur la soutiendrait à la fin. Essayer de convaincre quelqu'un d'autre de la pertinence de son stratagème était une autre paire de manches.

Le sentier le long de la falaise tourna à nouveau. Willow vit alors un escalier raide accolé à la roche. Gwyn descendit les marches avec agilité – il aurait sans doute pu le faire les yeux fermés. Willow s'y engagea avec plus de précautions. La dernière chose dont elle avait besoin était une jambe cassée, sans compter qu'elle devait faire deux fois plus attention à cause du bébé.

Elle n'était pas encore habituée à ce sentiment d'être plus qu'elle-même, de devoir s'inquiéter pour un être qui ne pouvait pas prendre soin de lui-même, qui dépendait entièrement d'elle.

Parvenu en bas de l'escalier, Gwyn ouvrit une porte à l'arrière de la maison. Elle le rejoignit dans un immense espace ouvert avec une grande cuisine, une salle à manger et un vaste espace de vie. Dans un coin, un escalier en colimaçon menait à une mezzanine. Mais ce fut la vue qui aimanta aussitôt son regard et la captiva. D'immenses fenêtres sans cadre donnaient directement sur l'océan, offrant la sensation de planer au-dessus des vagues.

Imagine-toi te réveiller tous les matins face à cette vue !

Elle adorait son appartement à Manhattan, qui donnait sur Central Park, mais là... c'était magique ! Au point qu'elle se demanda comment elle avait pu rester si longtemps loin de l'Angleterre.

— Je comprends mieux pourquoi Rowan s'est installée ici, murmura-t-elle.

Derrière elle, Willow entendait le doux vrombissement d'un percolateur et le tintement des tasses, tandis qu'une délicieuse odeur de café lui titillait les narines. Quelques instants plus tard, Gwyn apparut à ses côtés. Il lui tendit une tasse, mais en la gardant hors de portée.

— Cela signifie-t-il que tu es prête à me dire qui tu es, et pourquoi tu te fais passer pour ma voisine ?

Il ne lui donna pas la tasse avant qu'elle n'ait acquiescé.

Gwyn s'efforça de garder une expression neutre tandis que son invitée déroulait son histoire. Il en avait déjà compris une partie par lui-même : elle était Willow Harper, la jumelle de Rowan, elle avait besoin de disparaître pendant un certain temps et se cachait donc à Rumbelow. La suite le prit un peu plus au dépourvu.

— Attends... Tu as convaincu Rowan d'aller à New York et de se faire passer pour toi ?

L'idée que sa voisine recluse et casanière s'apprête à mener la grande vie à New York était assez incroyable. Rowan ne se rendait même pas dans la ville voisine pour faire ses courses !

— Ça n'a pas été facile, reconnut Willow avec une grimace. Mais je pense que ça lui fera du bien. Elle stagnait, ici.

— Elle *stagnait*, répéta Gwyn. Tu le penses vraiment ?

Elle sembla se rendre compte du caractère potentiellement offensant de sa remarque et, l'air penaud, tenta de se rattraper :

— Oh ! Non mais... c'est un endroit magnifique, et je comprends parfaitement pourquoi on veut vivre ici. C'est juste que quand Rowan est arrivée ici elle s'enfuyait. C'était sa cachette. Et ça fait six ans, maintenant. Il faut bien qu'elle finisse par sortir de sa cachette, non ?

— Peut-être, admit Gwyn. Mais comme je ne sais pas ce qu'elle fuyait je n'ai pas d'avis sur la question.

— Je croyais que vous étiez amis, lança Willow, suspicieuse soudain.

— Nous le sommes, mais pas le genre d'amis qui confessent leurs secrets les plus sombres autour d'une bouteille de vin. Plutôt des amis qui sortent les poubelles de l'autre en cas d'absence. Même si Rowan n'est jamais absente.

Peut-être n'étaient-ils pas amis, après tout, songea Gwyn. Peut-être n'étaient-ils que des connaissances utiles l'une à l'autre. Willow le dévisageait comme si elle réévaluait le degré de confiance qu'elle pouvait lui accorder.

— Hum… Mais tu savais que je n'étais pas Rowan, donc tu dois bien la connaître. Personne d'autre ne l'a remarqué.

— Pas encore, répliqua-t-il en riant. Mais va te promener dans le village un quart d'heure et ce soir tout le monde sera au courant ! Rowan croit que personne ne sait qui elle est, mais elle se trompe. Les gens d'ici ne veulent juste pas lui en parler pour ne pas l'embarrasser.

Les yeux de Willow s'écarquillèrent tandis qu'elle digérait cette information.

— Oh ! Et qu'est-ce qui m'a trahie ?

— Tu veux dire, à part commander avec un accent américain un café au lieu d'un thé ? Tes vêtements, ta coiffure, ton allure, tout ! Et puis n'oublie pas que je vous ai vues toutes les deux l'une après l'autre, hier. C'était un sacré indice !

— Alors… tu vas dire à tout le monde qui je suis ?

Gwyn se laissa aller en arrière contre le dossier de sa chaise et croisa les bras sur son torse en dévisageant Willow. Elle était tendue, assise sur le bord de sa chaise, le dos parfaitement droit. Peut-être s'agissait-il d'une posture de mannequin, mais s'il avait dû parier il aurait dit qu'elle avait peur. Mais de quoi ? Ou de qui ?

— Pourquoi ferais-je une chose pareille ? Je déteste me mêler des affaires des autres et…

Un éclat de rire l'interrompit. Il sourit.

— Oui, je te l'accorde, ça ne se voit pas, reprit-il. Mais d'habitude je reste aussi loin que possible des problèmes des gens. D'ailleurs, c'est peut-être pour cette raison que Rowan et moi ne sommes pas des amis proches.

— Alors pourquoi es-tu si préoccupé par mon cas ?

Gwyn n'était pas sûr d'avoir la réponse à cette question, alors il esquiva par une boutade :

— J'aime le cinéma et je ne supporte pas les mauvaises actrices.

— Tu veux m'apprendre à jouer mon rôle de Rowan ?

— Non. Je veux que tu me dises pourquoi tu essayes de le faire.

Les mots étaient sortis tout seuls. Bon sang ! Pourquoi cela lui importait-il ? Il lui avait sauvé la mise au café avec Michelle, l'avait invitée chez lui, et maintenant il insistait pour connaître ses motivations ! Se souciait-il d'elle ?

Les yeux de Willow étaient plissés et elle l'étudiait avec attention, décidant visiblement ce qu'elle allait lui dire. Ce qui signifiait qu'elle s'apprêtait à lui mentir.

— Si tu veux que je t'aide, dis-moi la vérité. Sinon, poursuivit-il en haussant les épaules, nous parlerons du temps qu'il fait pendant que tu finis ton café. Je m'en fiche, je te demande seulement de ne pas me mentir, d'accord ?

Willow hocha lentement la tête, soupira, puis posa sa tasse de café sur la petite table qui les séparait. Elle paraissait soudain beaucoup plus grave et fatiguée.

— Il va sans dire que cela doit rester entre nous, n'est-ce pas ?

Gwyn acquiesça d'un hochement de tête.

— Crois-moi, je ne parle même pas de moi à ma propre famille, alors je ne vais pas commencer à propager des ragots à ton sujet.

— OK. Je me cache ici. Et j'ai demandé à Rowan d'aller à New York et d'y être vue en public pour que l'on croie que je suis toujours en ville ; une personne en particulier. Parce que j'ai besoin de prendre un peu de temps pour réfléchir et prendre des décisions. Il se trouve que je… euh… que je suis enceinte.

— Il n'est pas de toi, ne t'inquiète pas, ajouta Willow, pince-sans-rire, devant l'air estomaqué de Gwyn.

Il rit, ce qui la rassura un peu. Elle venait de dévoiler son plus grand secret à un quasi-inconnu, et il avait l'air horrifié. Pourquoi ? Pensait-il qu'elle allait être une mauvaise mère parce qu'elle avait convaincu sa propre sœur de s'envoler pour New York sous une fausse identité et qu'elle se cachait du père de son enfant ? Soudain, elle regrettait le départ de Rowan. Elle ne voulait vraiment pas être seule dans cette histoire. Or son seul soutien potentiel la regardait comme si elle était en train de lui faire une farce.

Puis l'expression de Gwyn se durcit.

— Tu es donc venue ici pour... pour quoi ? Te débarrasser du bébé à l'insu du père ? Faire croire que c'est celui de Rowan ?

— Non ! s'écria-t-elle, choquée.

Comment pouvait-il faire de telles suppositions ? Certes, la première impression qu'elle avait donnée d'elle-même n'était peut-être pas terrible, mais Gwyn en tirait des conclusions un peu extrêmes, non ? C'était sans doute aussi lié à son histoire personnelle, mais elle ne pouvait absolument pas se permettre qu'il aille voir les journaux avec ses hypothèses.

Oh ! mon Dieu !

Elle s'affaissa sur sa chaise.

— C'est exactement ce que les journalistes people vont imaginer s'ils découvrent que je suis ici en train de me faire passer pour Rowan...

Ces journalistes sans scrupule n'aimaient rien tant que traîner les stars dans la boue. Plus vous étiez célèbre, plus vous deviez tomber bas.

— J'imagine que oui, lâcha Gwyn. Tu sais comment se comportent ces charognards.

L'amertume dans sa voix lui fit pressentir qu'il avait eu

maille à partir avec eux. Quand ? Pourquoi ? L'heure n'était pas encore à chercher des réponses, mais Willow se promit d'y revenir. Elle avait supposé que le voisin de Rowan était un gars du cru, ami avec tout le monde, membre de la communauté, qui avait réussi d'une manière ou d'une autre à s'offrir cette incroyable maison. Mais plus elle apprenait à le connaître, plus elle se demandait s'il n'y avait pas quelque chose qui lui échappait. Une histoire qu'elle connaissait peut-être déjà, d'ailleurs.

Un problème à la fois, Will ! s'ordonna-t-elle.

— Je suis venue ici parce que j'avais besoin d'un refuge pour réfléchir, expliqua-t-elle d'une voix posée. Pas au sujet du bébé, parce que je sais que je veux le garder, mais au sujet du père.

— Tu ne veux pas le lui dire ? hasarda Gwyn.

— Je sais que je dois le faire. Et jamais je ne cacherais une telle information au premier concerné. C'est juste que… je ne pense pas que nous devrions élever l'enfant ensemble.

Gwyn changea soudain d'attitude. Il était resté dans une posture défensive, les bras croisés sur la poitrine, depuis qu'elle avait évoqué sa grossesse. Il était désormais penché en avant, les avant-bras sur les genoux.

— Est-ce que tu as peur de lui ?

Cette question la fit réfléchir. Avait-elle peur de Ben ? Oui, en effet. Mais pas dans le sens où Gwyn semblait l'entendre.

— Je ne pense pas qu'il me ferait du mal, si c'est ce que tu veux dire. Ni au bébé. Il n'est pas ce genre d'homme.

— Quel genre d'homme est-il, alors ? insista Gwyn.

— Il a l'habitude de faire ce qu'il veut et de décider de tout, même à la place des autres.

— Tu as peur qu'il te propose de « bien s'occuper de toi », et tu n'en as pas envie, devina-t-il.

Car il avait vu juste. Et « bien s'occuper d'elle » passerait dans l'esprit de Ben par un mariage, pour donner stabilité et légitimité à leur enfant, et par une mère au foyer pour pousser la balançoire et préparer des gâteaux. De son côté, Ben pourrait former à la dure son héritier, le mettre sous pression comme son père l'avait fait avec lui, puis lui céder les rênes de l'entreprise familiale.

Or, ce scénario était inenvisageable pour Willow.

Elle soupira et se frotta nerveusement la joue.

— C'est compliqué. Sa famille, son éducation... Il s'attend probablement à ce que nous nous mariions. Et, s'il y a une chose que cette situation m'a fait comprendre, c'est que je ne veux pas me marier avec lui.

Elle pouvait entendre la voix de Ben lui rétorquer que, dans ces circonstances, la plupart des femmes l'auraient supplié de les épouser. D'après lui, certaines de ses anciennes petites amies avaient même essayé de tomber enceintes pour le piéger.

— Et qu'est-ce que tu *veux* ? demanda Gwyn.

Willow leva les yeux et croisa le regard franc de son hôte.

— C'est ce que je suis venue découvrir à Rumbelow.

Gwyn soutint son regard pendant un long moment avant de se radosser à sa chaise.

Il était sûr qu'elle ne lui disait pas tout, car personne ne le faisait jamais et ils se connaissaient à peine. Si son instinct lui soufflait de lui souhaiter bonne chance et de rester loin d'elle jusqu'à la fin de son séjour, une partie de lui caressait un autre projet.

Il voulait arranger les choses pour elle.

Il essaya de combattre cette inclination en se souvenant de toutes les fois où il avait essayé d'arranger les choses pour quelqu'un, et comment à chaque fois il n'avait réussi qu'à faire empirer les choses.

Il avait essayé de sauver Darrell de lui-même à Londres, il avait échoué à être là pour Abigail quand elle avait eu besoin de lui, il avait échoué avec Rachel – la discussion avec Willow sur le bébé le lui avait cruellement rappelé. Ces échecs lui avaient servi de leçon : tout le monde se portait mieux, lui le premier, s'il laissait les gens vivre leur vie, leurs expériences, quitte à commettre des erreurs. Quand il essayait d'intervenir, c'était pire et il en venait à se détester.

Il visualisait déjà exactement comment cette histoire avec Willow allait se dérouler, comme s'il regardait la bande-annonce d'un film qui dévoilait toute l'intrigue en soixante secondes.

Il irait à l'encontre de son instinct de conservation, céderait à la solitude qu'il lisait dans ces grands yeux bleus, charmé par ce sourire craquant, et aiderait Willow. Ce serait une réaction naturelle, après tout : elle était seule ici, vulnérable et très susceptible de se trahir s'il n'intervenait pas.

Il lui ferait alors visiter les environs, apprendrait à la connaître, l'amènerait à ses rendez-vous chez le médecin. Il écouterait ses inquiétudes, essayerait de la conseiller, puis la présenterait à sa sœur, qui était plus douée que lui pour ce genre de choses.

Et il finirait par l'apprécier, il en était sûr. Pour un top model célèbre, elle semblait accessible, sympathique même, une personne normale aux prises avec les mêmes problèmes que tout un chacun.

Il ne tomberait pas amoureux d'elle, de cela au moins il était certain. Le mot « amour » ne faisait plus partie de son vocabulaire, surtout si on le flanquait de l'adjectif « romantique ». S'il était raisonnable, il ne se laisserait pas trop approcher, sachant qu'elle ne resterait pas – elle serait partie avant l'été, c'était certain.

Il l'aiderait, donc, et cela lui donnerait l'impression d'être à nouveau un être humain utile et précieux.

Et puis tout s'écroulerait, comme à chaque fois.

Peut-être qu'elle retournerait avec le père de son bébé et qu'ils se marieraient. Peut-être qu'elle se rendrait compte que sa vraie vie l'attendait ailleurs et qu'elle partirait sans un regard en arrière. En tout cas, quelque chose se produirait et il se retrouverait à payer les pots cassés et à en ramasser les morceaux. Alors, il se dirait qu'il n'aurait pas dû s'impliquer. Et il aurait raison.

Lorsqu'il leva les yeux sur Willow, il constata qu'elle se mordillait nerveusement la lèvre inférieure tout en triturant sa queue-de-cheval.

Ne t'implique pas ! Tu sais comment ça va se terminer.

Mais cela n'avait aucune importance.

— Je suppose que tu n'as pas encore cherché de médecin, n'est-ce pas ? J'ai une amie sage-femme dans une ville pas loin d'ici. Je peux passer un coup de fil, si tu veux.

Willow lui retourna un sourire éclatant.

— Ce serait merveilleux !

4

Une semaine après la proposition de Gwyn, Willow s'installa sur le siège passager de la voiture de son nouveau voisin, qui lui avait proposé de l'emmener à sa première consultation avec son amie sage-femme.

Avant de mettre sa sœur dans un avion pour New York, elle avait omis de réfléchir à ce qu'impliquait une grossesse : visites chez le médecin, échographies, régime alimentaire adapté, nouvelle hygiène de vie... Faire grandir un petit être humain dans son ventre était un travail à plein temps !

Gwyn rit lorsqu'elle partagea avec lui cette réflexion. Puis il prit la route, en évitant de passer par le village pour ne pas faire naître de rumeurs.

— Je suppose que ce travail à plein temps n'a rien à voir avec celui auquel tu es habituée, dit-il tandis que la voiture s'éloignait de la mer pour s'enfoncer dans les terres.

— En effet. Mon travail implique de rester mince, voire de mincir encore plus, pas de grossir.

— Tu sais, beaucoup d'hommes trouvent qu'une femme enceinte est très sexy.

— Et tu es l'un d'entre eux, je suppose ?

Au moins, cela expliquerait pourquoi il était si serviable.

Sinon, elle était en train d'accumuler une dette que Rowan devrait sûrement payer à son retour.

— Je n'ai jamais été assez proche d'aucune pour le savoir. Sauf de ma sœur, mais ça ne compte pas.

Willow ne put s'empêcher de pouffer.

— Je l'espère pour toi… et pour elle ! Tu sais, reprit-elle plus sérieusement, mon travail ne consiste pas à être sexy, mais à faire en sorte que des vêtements soient mis en valeur.

— Tu te fais passer pour un vulgaire portemanteau !

Elle haussa les épaules.

— C'est peut-être ce que je suis, tout compte fait. Il n'en reste pas moins que je ne vais pas travailler pendant un petit moment. Donc autant me concentrer sur ce projet, conclut-elle en agitant une main autour de son ventre.

Elle devait paraître bien nonchalante aux yeux de Gwyn, mais c'était sa manière de faire face à la situation. À l'intérieur toutefois, elle pétillait d'excitation, d'impatience et d'appréhension. Elle voulait ce bébé, plus qu'elle ne l'aurait cru possible avant d'apprendre sa grossesse. Mais comment devenait-on une bonne mère, et surtout une bonne mère *célibataire* ?

Perdue dans ses pensées, elle resta silencieuse durant le reste du trajet, obsédée par l'image de petits doigts enroulés autour de son index – son bébé et elle, seuls, sans personne sur qui compter, mais ensemble.

Lorsque Gwyn se gara sur le parking du cabinet médical, une légion de doutes avaient assailli Willow. Mais le propre des bébés, c'était que les doutes ne les empêchaient pas de venir. Et l'un de ses traits de caractère, c'était qu'elle ne les avait jamais laissés triompher de sa volonté.

La salle d'attente était quasiment pleine. Willow resta derrière Gwyn pendant qu'il se dirigeait vers le comptoir d'accueil pour annoncer leur arrivée à la réceptionniste.

Pour éviter d'être remarquée ou reconnue, elle avait pioché dans l'armoire de sa sœur un jean délavé, un T-shirt rayé, un cardigan trop grand et des baskets. Elle avait également trouvé une casquette de base-ball, qu'elle avait vissée sur ses cheveux relevés. Les épaules voûtées, le visage penché vers le sol, elle espérait ressembler à madame Tout-le-Monde.

Heureusement, les patientes semblaient suffisamment préoccupées par la raison de leur présence pour ne pas prêter attention à un nouveau couple qui entrait.

Couple ?

Seigneur... Tout le monde ici devait penser qu'ils étaient un couple ! Même l'amie sage-femme de Gwyn supposerait probablement qu'il était le père, à moins qu'il n'ait expliqué la situation. Et même s'il l'avait expliquée cela n'empêchait pas les doutes. Willow se demanda si cela était déjà venu à l'esprit de Gwyn.

Par chance, elle n'avait jamais renoncé à sa citoyenneté britannique, ce qui allégea les formalités administratives. Elle dut néanmoins remplir un tas de formulaires, assise à côté de Gwyn sur une chaise en plastique inconfortable, et elle venait de terminer lorsqu'on appela « Miss Harper ».

— Tu veux que je vienne avec toi ? demanda Gwyn.

Elle se rendit compte qu'elle en avait envie, en effet, qu'elle préférait ne pas être seule, mais elle songea qu'elle allait devoir s'habituer à se débrouiller seule si elle ne voulait plus que Ben fasse partie de sa vie. D'ailleurs, c'était peut-être une des vraies raisons de sa venue ici, en Cornouailles : se tester pour voir si elle pouvait s'en sortir par elle-même.

Donc sans trop te reposer sur le sympathique voisin de ta sœur, Will, aussi séduisante que soit cette perspective.

— Non, dit-elle finalement, après une pause trop longue

pour être convaincante. Tu restes ici. Sinon, personne ne croira que tu n'es pas le père.

Il rit dans un souffle.

— Un point pour toi !

Pendant le bref trajet jusqu'à la porte de la salle d'examen, elle sentit le regard de Gwyn posé sur elle.

« Sinon, personne ne croira que tu n'es pas le père. »

Gwyn n'avait pas anticipé que les gens pourraient tirer cette conclusion, particulièrement les habitants de Rumbelow, une fois que la nouvelle de la grossesse de *Rowan,* son amie et voisine, serait connue.

Je t'avais bien dit de ne pas t'impliquer !

Mais il était trop tard pour les regrets, se dit Gwyn en saisissant une des revues posées sur la table basse de la salle d'attente.

Willow réapparut bien plus vite que prévu. Elle s'arrêta à peine devant lui, lui fit un petit signe de tête en direction de la porte et sortit.

— C'était rapide, dit-il en la rejoignant.

— C'était juste une prise de contact. Elle m'a donné quelques informations et m'a demandé quelques détails. Je dois prendre un autre rendez-vous et m'inscrire pour une échographie.

— Tu ne veux pas le faire maintenant ? La réception est juste là, alors que par téléphone ça peut être un cauchemar.

Elle secoua la tête et se dirigea vers la voiture. Gwyn hésita un instant, puis la suivit. Il ne déverrouilla pas les portières. Willow avait l'air secouée. S'ils remontaient dans la voiture et prenaient la route, ils n'en parleraient jamais. Elle s'appuya contre la carrosserie, côté passager.

— Que s'est-il passé ? demanda-t-il en s'approchant d'elle.

— Je te l'ai dit : encore des formulaires à remplir, des

informations à donner, et on a établi une sorte de calendrier. Il faut programmer mon échographie des douze semaines, mais la date de... enfin le jour où... bref, je n'ai pas de certitude. Alors je dois... c'est moi qui décide.

Sa voix se brisa sur les derniers mots. Alors, Gwyn comprit de quoi il retournait :

— Tu te sens dépassée.

Elle le fixa, sourcil droit relevé.

— Tu ne crois pas que j'ai de bonnes raisons de l'être ? Je suis entièrement responsable d'un autre humain, Gwyn.

— Et tu viens de réaliser que, si tu ne reviens pas vite vers ton petit ami pour lui dire la vérité, tu vas devoir faire face toute seule, devina-t-il.

Il concevait aisément que cela puisse entraîner une personne dans une spirale infernale. Il peinait à être responsable de lui-même, ces derniers temps, alors l'être de quelqu'un d'autre... Rien que l'idée le faisait frémir. Pour cette raison, il ne pouvait pas proposer à Willow de lui faciliter la tâche. Ce n'était pas son bébé, elle n'était pas sa petite amie, il n'était qu'un voisin avec une voiture et une amie sage-femme. Sa raison avait donc de solides arguments à faire valoir face à ses tripes, qui penchaient en faveur d'une intervention pour aider et réconforter la jeune femme.

— C'est juste que...

Willow s'interrompit et prit une longue inspiration tremblante.

— Ça fait beaucoup. Et mon échographie n'aura probablement pas lieu avant deux semaines. Pour patienter et me soutenir, tout ce que j'ai, c'est Internet.

— Il y a aussi... je ne sais pas, moi : des livres ? Tu pourrais en commander.

Elle lui adressa un sourire hésitant.

— Oui, des livres. C'est une bonne idée.

Au fond de lui, Gwyn savait que ce n'était pas suffisant. Cette femme avait besoin d'une autre forme d'assistance et de protection. Et Rowan n'était plus là… Elle avait besoin de quelqu'un qui remplace sa sœur. D'un ami.

— Merci de m'avoir accompagnée aujourd'hui, reprit-elle. Je sais que c'était un dérangement. Je me débrouillerai autrement pour l'échographie, ne t'inquiète pas.

Gwyn serra les dents, qui crissèrent sous l'effort fait pour ne pas promettre de l'emmener.

Ne t'implique pas !

— Mais je suis vraiment contente de ne pas avoir été seule aujourd'hui.

Le sourire de Willow était plus large, à présent. Pourtant, elle prit Gwyn au dépourvu lorsqu'elle s'avança vers lui et le serra dans ses bras.

Bon sang ! On aurait dit leurs deux corps faits pour s'emboîter… Il était grand, donc n'était pas habitué à une femme presque de la même taille que lui. Le menton de Willow reposait parfaitement sur son épaule. Le parfum floral de sa chevelure ravissait son odorat, enivrant. Elle ne s'accrochait pas à lui, elle le tenait simplement serré contre elle. Gwyn sentit une vibration dangereuse naître dans sa poitrine.

Ne t'implique pas !

Willow s'écarta, toujours souriante. Elle replaça une mèche de cheveux derrière son oreille et baissa les yeux, comme une enfant prise en faute.

— Merci. D'habitude, je n'aime pas trop les câlins, mais j'avais besoin de ça. Les hormones, je suppose.

Oui, voilà, les hormones, se dit-il, agité. C'était logique. Cela n'avait rien à voir avec lui, elle avait juste eu besoin d'étreindre un corps chaud. Ce qui ne changeait rien au fait qu'il était bêtement heureux d'avoir été le corps chaud le plus proche...

Tout en conduisant, Gwyn se répétait qu'il s'était contenté de faire une bonne action en aidant la sœur de sa voisine. Il avait reçu une étreinte amicale en guise de remerciement, voilà tout.

Bon, peut-être qu'il lui commanderait un guide sur la grossesse, parce qu'il se doutait qu'elle ne se donnerait pas la peine de le faire, mais ce serait la dernière fois qu'il s'impliquerait, se promit-il.

Les méandres familiers de la route le rassuraient, même s'il les prenait un peu plus lentement que d'habitude par égard pour sa passagère. Elle semblait elle aussi perdue dans ses pensées, le visage tourné vers le paysage. Pensait-elle à son bébé ? À ce qu'elle allait faire ensuite ? Le père avait l'air d'être un sale type, d'après le peu qu'elle lui avait dit. Un homme qui contraint une femme désireuse de faire ses propres choix sans pression à parcourir des milliers de kilomètres pour échapper à son emprise ne pouvait pas être un parfait candidat au mariage.

Qui es-tu pour juger après ce qui s'est passé avec Rachel ?

Son esprit baignait toujours dans la confusion lorsqu'il s'arrêta devant le cottage de Rowan.

— Je suppose que l'épicerie et le traiteur sont fermés, à cette heure de la journée, demanda Willow en débouclant sa ceinture de sécurité.

Gwyn jeta un coup d'œil à sa montre. 19 heures.

— Oui, pourquoi ?

— Je crois que j'ai épuisé toutes les réserves de Rowan, expliqua-t-elle d'un ton léger. Mais j'ai une commande qui arrive demain.

Il hocha la tête. Pas de quoi s'impliquer, si ? Elle pourrait acheter un plat à emporter au village, ou se débrouiller avec ce qu'il y avait au fond des placards de Rowan.

Ou alors...

— Je dîne au Star and Dragon, ce soir, dit-il. C'est soirée folklorique, aujourd'hui, il y aura une chouette ambiance. Viens avec moi, si ça te dit.

Elle lui lança un regard méfiant.

— Est-ce que Rowan a l'habitude d'y aller ?

— Je ne l'ai jamais vue là-bas. Elle se tient plutôt à l'écart, tu sais. Personne au village ne la connaît vraiment bien.

— Mais la serveuse, au pub, elle connaissait sa boisson habituelle.

— Bonne mémoire : indispensable dans le commerce. Les commerçants connaissent ta sœur, mais superficiellement.

— À New York, c'est la seule manière de se connaître, répliqua Willow avec un sourire triste. Tu penses que personne ne remarquera que je ne suis pas Rowan, si je viens ?

Même habillée pour passer incognito, Willow Harper se ferait remarquer n'importe où.

— Nous nous installerons dans un coin sombre, promit-il. Alors, tu viens ?

Elle prit une grande inspiration, comme si elle s'armait de courage.

— Donne-moi vingt minutes pour me préparer.

Il fallut près d'une demi-heure à Willow pour être prête à sortir, mais elle dut malgré tout attendre le retour de Gwyn, rentré chez lui se doucher et se changer.

Lorsqu'elle lui ouvrit la porte, elle se surprit à le trouver beau, ce qui la mit mal à l'aise. Il portait une chemise blanche à col ouvert, un jean bleu et une veste en cuir cognac. Ses cheveux encore humides bouclaient sur sa nuque. Il avait à la main une sorte d'étui de guitare. Elle oublia de lui demander pourquoi, trop occupée à l'admirer.

De son côté, elle avait pioché dans la garde-robe de sa sœur pour trouver sa tenue.

Lorsqu'elles faisaient du mannequinat ensemble, Rowan affirmait détester les vêtements trop extravagants, ceux que, selon elle, les gens ne porteraient jamais dans le monde réel. Cependant, Willow avait toujours soupçonné que sa sœur les aimait secrètement, parce qu'ils donnaient une impression de faste, comme s'ils sortaient d'un monde imaginaire. Son intuition avait été confirmée par les couleurs, les textures, les formes qu'elle avait découvertes dans les armoires de Rowan.

Willow avait toujours opté pour des coupes et des couleurs classiques. D'après nombre de stylistes et de créateurs, les lignes simples mettaient en valeur sa beauté. Rowan avait, semblait-il, cessé de se préoccuper du regard des autres depuis qu'elle avait quitté le monde du mannequinat. Elle portait les couleurs et motifs qui lui plaisaient.

Elle se souvint d'un long été londonien, des années auparavant, lorsque Rowan était clouée à la maison par son anxiété. Elle avait alors appris à confectionner ses propres vêtements, si différents des tenues qu'on voyait sur ces podiums que sa sœur ne voulait plus arpenter. Ces vêtements n'avaient pas pour but de dire quelque chose d'elle, de créer la polémique ou de montrer le plus possible de peau. Ils étaient synonymes de confort et d'amour, harmonisaient des couleurs qui vibraient de bonheur, des styles et des tissus qui l'enveloppaient comme un manteau protecteur. Ils étaient incroyables.

Et Rowan avait repris cette activité, avait compris Willow lorsqu'elle avait découvert une petite salle dédiée à la couture à l'arrière du cottage, avec un mannequin, des paniers remplis de tissus et de patrons, et sa machine à coudre posée sur une solide table en bois. À en croire les croquis épinglés sur les murs, elle avait confectionné des vêtements pour d'autres personnes qu'elle-même.

Willow n'avait pas ce talent, mais elle savait comment composer une tenue. Elle avait opté pour une longue jupe imprimée d'un bleu méditerranéen, dont elle soupçonnait sa sœur d'être la créatrice, portée avec un pull ajusté et ses propres bottes. Elle avait réfléchi avant d'enfiler sa propre veste en cuir. Si les gens ne connaissaient pas très bien Rowan, ils ne sauraient pas que ce n'était pas son style.

— À peu près rowanesque, lança Gwyn avec un sourire malicieux. Viens, on y va à pied. La nuit est plutôt douce.

Ils descendirent la colline côte à côte en direction des lumières du village. La présence de Gwyn la troublait ; la perturbait, même. Non seulement parce qu'il était beau dans cette veste, ou parce qu'elle avait envie de toucher les boucles dans son cou, mais aussi parce que l'air de la mer donnait à son parfum une touche chaude, épicée. Et qu'elle apprécia la manière qu'il eut de rire, chaleureusement mais sans se moquer, lorsqu'elle fit un commentaire sur la musique folklorique et sur les danses traditionnelles qu'elle avait pratiquées à l'école primaire – qui n'avaient jamais été sa tasse de thé.

— Tu pourrais être surprise. Je pense que nous parlons d'un autre type de chansons folks.

Willow l'espérait, tout en se demandant pourquoi elle était soudain si sensible à la présence de Gwyn. Ce ne pouvait pas être simplement des cheveux humides et une veste, n'est-ce pas ? Les hormones ? Elle ne voyait pas d'autre explication à cette soudaine attirance pour le voisin grognon de sa sœur, qu'elle connaissait depuis seulement une semaine. D'ailleurs, les hormones étaient aussi certainement à l'origine de ce satané câlin sur le parking du cabinet médical.

Depuis combien de temps n'avait-elle pas été aussi proche d'une autre personne ? Probablement depuis la nuit où son bébé avait été conçu. Et il ne s'était agi que de sexe, pas d'intimité. Elle réalisait seulement maintenant, non sans une pointe de honte, à quel point c'était différent.

Elle avait ressenti de l'intimité dans cette étreinte. Non, pas exactement de l'intimité, mais de la proximité. Comme si Gwyn avait partagé sa force avec elle afin de la soutenir, même si c'était elle qui s'était jetée dans ses bras. Elle était certaine d'une chose : il régnait de la confiance entre eux.

Ils empruntèrent la rue principale, qui serpentait jusqu'à la place centrale. À mesure qu'ils approchaient du Star and Dragon, Willow entendait de plus en plus nettement les accents des guitares et des voix qui se mêlaient. Gwyn avait raison : cela ne ressemblait pas du tout à la musique folklorique traditionnelle sur laquelle elle avait dansé gamine.

Gwyn accéléra le pas.

— Espérons que nous trouverons une table !

Personne ne tourna la tête lorsqu'ils franchirent la porte du pub. L'attention des clients était entièrement tournée vers les musiciens sur scène, un jeune homme avec une guitare et une jeune femme qui jouait d'un instrument à cordes plus petit. Willow n'était pas une experte en musique, mais elle sentait que ces deux-là avaient quelque chose, une singularité et un magnétisme capables de monopoliser l'attention d'une salle entière.

— Ils sont bons, murmura-t-elle tandis que Gwyn la conduisait vers une table libre à l'arrière, près du bar.

— C'est vrai. C'est mon neveu Sean et sa petite amie Kayla.

Willow jeta un coup d'œil à l'étui de guitare qu'il tenait toujours à la main.

— Je suppose que c'est de toi qu'il tient son talent, alors.

— Il a surtout travaillé dur, répliqua Gwyn en lui tendant un menu. Je te recommande les lasagnes.

Willow ouvrit de grands yeux en constatant que les lasagnes étaient accompagnées de frites. Elle essaya de se souvenir de la dernière fois qu'elle avait commandé un tel plat. Lorsqu'elle sortait avec Ben, c'était dans des restaurants huppés où l'on vous servait des amuse-bouche pendant que vous consultiez le menu. Lorsqu'elle mangeait dans son appartement, elle faisait appel à un service qui lui livrait des repas fraîchement préparés, équilibrés, adaptés à son poids, à sa taille et à ses besoins nutritionnels. Pendant les premières semaines de sa grossesse, elle s'était attachée à moins manger ; maintenant que les nausées avaient fini par s'estomper, elle se rendait compte qu'elle mourait de faim. Et qu'elle allait devoir manger pour deux.

— Va pour les lasagnes, lança-t-elle à Gwyn. Avec les frites.

Sa réponse sembla l'amuser. En passant devant elle pour aller commander au bar, il se pencha et lui murmura à l'oreille :

— Exactement ce que Rowan aurait commandé.

Il s'éloigna. Alors, Willow se souvint qu'il lui avait dit que Rowan ne venait jamais ici. Sa plaisanterie la fit sourire à retardement. Puis elle s'adossa aux boiseries et laissa la musique l'envahir.

5

Gwyn songea qu'il était assez surréaliste de se tenir au comptoir du Star and Dragon, d'entendre les conversations qu'il entendait ici chaque semaine, avec la musique de Sean et Kayla dans les oreilles, tout en sachant que non loin l'impressionnante Willow Harper attendait ses lasagnes. Il avait connu des moments étranges durant son existence, mais là c'était le pompon.

La file d'attente au bar lui offrit un répit bienvenu pour mettre de l'ordre dans ses idées. Il avait essayé de le faire sous la douche avant d'aller la chercher chez Rowan, mais son corps n'avait cessé de lui rappeler les sensations vécues lorsqu'elle l'avait serré dans ses bras, alors il avait abandonné.

Elle était belle, d'accord, mais elle allait repartir vivre à New York d'ici à quelques semaines, elle portait l'enfant d'un autre homme, inutile donc de laisser son esprit vagabonder.

Pour l'empêcher de divaguer, il se concentra sur la musique. Sean et Kayla étaient passés à une autre chanson, plus mélancolique, qui parlait de la mer, du temps qui passe et de la solitude. Sa gorge se serra. Avec ce nouveau titre, le duo avait réussi son coup. Sean avait toujours eu du talent, mais travailler avec Kayla le sublimait. Leur place n'était plus dans un pub, désormais. Ils avaient tout ce qu'il fallait pour jouer sur de plus grandes scènes, faire de la musique à plein temps et en vivre.

Au moins, ici, ils sont en sécurité, lui souffla une petite voix intérieure. *Le monde extérieur est cruel, violent, impitoyable.*

— Salut, beau gosse !

Gwyn sourit à sa sœur, qui s'était matérialisée à son côté.

— Je n'étais pas certaine que tu viendrais, ce soir. Ton neveu aurait été très déçu : ils jouent de nouvelles chansons et il espère t'impressionner.

— Il m'impressionne à chaque fois. Ils sont vraiment bons, ensemble.

— Ça te rappelle quelque chose ?

Il leva les yeux au ciel. Si quelqu'un devait savoir depuis le temps qu'il n'avait aucune envie de parler de Darrell, c'était bien Abigail ! Celle-ci reporta son attention quelque part au-dessus de l'épaule gauche de Gwyn.

— C'est ta voisine, la mannequin qui se planque ?

— Ex-mannequin.

Puisque Willow était toujours déterminée à se faire passer pour Rowan, il devait prendre garde à ne pas la trahir.

— Je ne savais pas que votre amitié avait évolué au point de sortir boire des verres ensemble…, lança-t-elle.

Gwyn comprit qu'elle partait à la pêche aux informations et haussa les épaules avec désinvolture.

— Nous bavardions, elle n'avait plus rien dans le frigo, je l'ai invitée à se joindre à moi pour le dîner.

Le barman arriva enfin à sa hauteur. Il se pencha en avant pour commander leurs lasagnes, une pinte de bière pour lui et un soda pour Willow. Lorsqu'il pivota pour regagner sa place, sa sœur le regardait avec scepticisme.

— Tu sais que ça ressemble étonnamment à un rendez-vous galant.

— Ce n'est pas le cas.

— Parce que tu refuses tout rendez-vous galant ! Est-ce qu'elle le sait, d'ailleurs ?

— Inutile, puisqu'il n'est pas question de cela entre nous.

Il était certain que Willow était sur la même longueur d'onde que lui. Abigail n'avait toujours pas l'air convaincue.

— Hum… Tu vas jouer, ce soir ? Nous enchanter et impressionner ton rendez-vous non galant ? le taquina-t-elle.

Il sourit de bon cœur.

— J'ai apporté ma guitare, alors on verra.

Il avait pris son instrument par habitude plutôt qu'avec l'intention de jouer. Parfois il montait sur scène, parfois non, mais cela le réconfortait d'avoir sa propre guitare à portée de main.

Toutefois, il n'interprétait jamais ses anciennes chansons, celles de Blackbird que les gens connaissaient. Darrell et lui avaient acquis une certaine popularité avant la mort de son ami, mais Gwyn se sentait incapable de les jouer seul. D'ailleurs, il s'était éloigné du style plutôt rock de leur duo pour adopter un style plus doux, à l'image des compositions de Sean et Kayla. Cela correspondait plus à l'homme qu'il était devenu depuis son retour à Rumbelow.

— Ce serait bien de t'entendre jouer à nouveau. Ça fait un bail.

La voix d'Abigail s'était faite plus douce, et le désir ardent qu'elle contenait lui avait manqué. Sa sœur avait raison, il ne s'était pas produit en public depuis quelque temps, songea Gwyn en retournant à la table où Willow l'attendait, debout à côté de sa chaise, appuyée contre le lambris. C'était probablement à cause de cette période de l'année, qui lui rappelait toujours cette année terrible où il avait perdu Darrell, puis était revenu ici pour trouver Abigail en difficulté et Rachel…

Il chassa ces souvenirs d'un clignement de paupières. Au moins, l'arrivée de Willow l'avait détourné de l'habituelle spirale infernale des pensées moroses qui l'envahissaient au début du printemps. Elle lui sourit lorsqu'il s'assit à côté d'elle.

— Une fan transie ? demanda-t-elle avec un signe de tête en direction d'Abigail.

— Ma grande sœur, Abigail, expliqua-t-il. La mère de Sean.

— Elle a l'air bien jeune pour avoir un fils de cet âge.

— Elle n'avait que dix-huit ans quand elle s'est mariée.

Willow n'avait pas besoin de connaître toute l'histoire, et il n'avait pas particulièrement envie de la raconter.

— Elle a quoi ? Une petite trentaine ?

— Trente-cinq ans. Nous avons six ans d'écart.

Leurs lasagnes arrivèrent pile au moment où Sean et Kayla quittaient la scène. La soirée folk se déroulait toujours de la même manière : un groupe ou un artiste en première partie de la soirée – souvent Sean et Kayla ces derniers temps –, puis une scène ouverte animée par Ray. Celui-ci ne manquait jamais de volontaires, qui habitaient le village ou venaient des environs. Gwyn en connaissait la plupart.

Les performances se succédèrent tandis que Willow et lui, assis à leur table isolée, discutaient de sujets légers en mangeant. Cette conversation agréablement futile se révélait relaxante, au grand étonnement de Gwyn. Il était facile d'échanger avec Willow, au point que, plus d'une fois, il se retrouva sur le point d'en dire trop au sujet de son passé et de ses fantômes. Heureusement, il parvint à se censurer, s'évitant d'avoir à s'expliquer. Et s'évitant aussi d'être confronté à la pitié dans le regard de Willow.

Il s'était presque convaincu qu'ils allaient rentrer tranquillement sans avoir à aborder de sujets sensibles lorsque Sean et Kayla s'approchèrent de leur table.

— Tu vas jouer, ce soir, Gwyn ? demanda Kayla, son adorable sourire toujours aussi contagieux.

Willow se tourna vers lui avec une expression ravie qui le remua – il refusa de se demander pourquoi elle lui faisait cet effet.

— C'est vrai ? s'exclama-t-elle.

— Allez, vas-y ! renchérit Sean. Tu n'as pas joué depuis des semaines !

Son neveu prit une chaise libre à la table voisine et la rapprocha de la leur. Il s'assit, puis attira Kayla sur ses genoux.

— Des mois, même ! corrigea celle-ci.

— Je ne t'ai jamais entendu jouer, ajouta Willow.

Elle ne se trahit pas, car Rowan ne l'avait jamais vu sur scène. Il la soupçonnait d'avoir assisté à quelques soirées folkloriques sans qu'il s'aperçoive de sa présence, mais il ne jouait pas très souvent.

Sur la petite scène, Ray attendait, micro en main, le regard braqué sur lui. Gwyn soupçonna alors que Sean, Kayla et lui étaient les complices d'un coup monté.

Gwyn soupira, se leva et saisit son étui à guitare.

Le pub, qui vibrait jusqu'ici de rires et du brouhaha des conversations, devint parfaitement silencieux lorsque Gwyn monta sur scène. On aurait dit que tout le monde attendait ce moment depuis le début de la soirée. C'était peut-être le cas, d'ailleurs, songea Willow, intriguée par ce brutal changement d'ambiance.

Kayla quitta les genoux de Sean pour s'asseoir sur la chaise de Gwyn. Elle posa un coude sur la table et le menton sur la main. Sean semblait tout aussi captivé. Willow avait de plus en plus l'impression que quelque chose lui échappait.

Gwyn s'installa sur un tabouret, sa guitare sur un genou,

et entreprit de s'accorder. Puis, dans un silence toujours aussi religieux, il commença à jouer.

Aussitôt, Willow eut la sensation que quelque chose avait jusqu'ici manqué à sa vie – une profondeur, une intensité, une honnêteté, elle aurait été incapable de le dire. C'était le propre de quelques rares artistes de vous le faire ressentir, et assurément Gwyn était l'un d'eux.

Il était captivant. Chaque note, chaque accord s'élevait dans les airs et y restait en suspension, tel un parfum mystérieux et capiteux, changeant l'atmosphère même du pub. Ce n'était plus une soirée scène ouverte, c'était la performance clandestine d'un génie, ce dont tout le monde dans la salle semblait avoir conscience.

Lorsqu'il commença à chanter, Willow était déjà ensorcelée. Sa voix était grave et chaude, plus profonde que sa voix parlée. Elle vibrait d'une douloureuse sincérité qui semblait venir de ses os. Ses paroles évoquaient poétiquement l'amour et la perte, l'espoir et la déception, la nécessité de continuer à avancer, même seul. Elle ne pensait pas avoir déjà entendu quelque chose de plus beau ni de plus déchirant.

— Il est bon, murmura Willow.

Kayla s'esclaffa.

— Génial, tu veux dire !

— Parfois, je me demande si elle ne sort pas avec moi juste parce qu'il est mon oncle, plaisanta Sean, à voix basse lui aussi.

Son adorable copine lui déposa un baiser sur la joue.

— Non. Bagages émotionnels trop lourds pour moi.

Willow ne savait pas de quels bagages parlait Kayla, mais en écoutant chanter Gwyn elle en percevait les conséquences. Quoi qu'il ait vécu, cela l'avait changé. Et elle avait l'impression que les blessures n'étaient toujours pas refermées.

— Quel genre de bagages ? chuchota-t-elle.

Sean et Kayla échangèrent un regard.

— Il ne te l'a jamais dit ? À propos de euh... de Darrell.

Sean avait l'air mal à l'aise rien qu'en prononçant ce prénom.

— Ce n'est pas un secret, dit rapidement Kayla. C'est partout sur Internet et on en a beaucoup parlé aux infos, à l'époque.

— J'étais probablement encore aux États-Unis, dit Willow en espérant que c'était valable aussi pour Rowan.

— Oui, peut-être que ça n'a pas fait autant de bruit là-bas, convint Sean.

Willow retint un soupir de soulagement.

— Racontez-moi, alors. Je n'ai pas trop envie de demander à Gwyn.

— Mon Dieu, non ! lança Kayla dans une exclamation étouffée, les yeux écarquillés. Il ne veut pas en parler, de toute façon. J'ai abordé le sujet une fois, et on ne l'a plus revu ici pendant un mois.

Tous trois parlaient à voix basse mais, comme presque toutes les tablées écoutaient Gwyn avec une sorte de recueillement, Willow se demandait si on pouvait les entendre – si *lui* pouvait les entendre.

— Justement, plaida-t-elle. Nous commençons tout juste à nous fréquenter un peu plus que comme de simples voisins, et je ne voudrais pas mettre les pieds dans le plat.

Il était peut-être déloyal d'essayer d'arracher les secrets de Gwyn à Sean et Kayla, mais lui connaissait déjà tous les siens. Elle ne faisait que les remettre à égalité.

Sean haussa les épaules.

— Je suppose qu'il n'y a aucune raison de ne pas te le dire. Peut-être que tu pourras même le convaincre qu'il est temps de passer à autre chose.

— Ou de *nous* laisser passer à autre chose, marmonna Kayla, énigmatique.

— Mon oncle avait formé un groupe avec son meilleur ami, Darrell. Ils ont beaucoup joué ici, se sont fait un nom dans la région, puis ils ont déménagé à Londres. Très vite, ils ont percé.

— Comment s'appelaient-ils ? J'en ai entendu parler, si ça se trouve.

— Blackbird, répondit Kayla. Ils ont écrit quelques tubes que tu as sûrement déjà entendus, même si tu ne connais pas le nom du groupe.

Willow se promit d'aller chercher sur Internet en rentrant chez Rowan. Si c'était dans la même veine que la chanson qu'il jouait ce soir, elle voulait en entendre plus. Même si la mélodie torturée de Gwyn lui avait déjà appris que l'histoire ne s'était pas bien terminée.

— Que s'est-il passé ? Où est Darrell, maintenant ?

Son meilleur ami l'avait-il trahi ? S'était-il enfui avec la petite amie de Gwyn ? Avait-il accepté un contrat en solo ? Détourné l'argent du groupe ? L'air grave de Sean lui fit comprendre que c'était pire que cela.

— Il est mort. Il est tombé dans la drogue. Gwyn a essayé de l'aider, l'a fait entrer en cure de désintoxication, en pure perte. Il s'est enfui, est allé directement chez son dealer, et on l'a retrouvé mort par overdose le lendemain.

— Oh ! mon Dieu !

Willow mit la main devant la bouche. Avait-elle été trop bruyante ? Non, son exclamation avait été couverte par les applaudissements qui crépitaient : Gwyn venait de terminer sa chanson.

Elle songea qu'elle avait vu beaucoup de choses dans le monde de la mode, et qu'il y avait toujours des drogues « récréatives » dans les soirées où Ben l'entraînait, mais qu'elle n'avait jamais, au contraire de Gwyn, constaté de près comment la dépendance pouvait ravager une existence. Elle s'était toujours tenue à distance de toute substance stupéfiante – *à part Ben,* se dit-elle avec une ironie amère.

— C'est à ce moment-là qu'il est revenu à Rumbelow ?

Sean hocha la tête.

— Il y a sept ans maintenant. Il avait vingt-deux ans, seulement cinq ans de plus que moi aujourd'hui, et il avait déjà quitté le métier. C'est dingue !

— Il continue à écrire des chansons, ajouta Kayla. Pour d'autres interprètes et un peu pour lui. Mais il ne se produit plus en public, sauf ici, et il n'assiste jamais aux événements de l'industrie musicale, même s'il continue à être invité.

Willow comprenait parfaitement cette attitude. Gwyn devait s'imaginer que, s'il revenait sous les projecteurs, tout le monde verrait à son côté le fantôme de son ami décédé. Cette perspective devait lui être insupportable.

Il avait rangé sa guitare et répondait avec un sourire crispé à quelques clients qui le félicitaient.

— Au moins, il joue encore ici, dit-elle doucement. Cela aurait été une catastrophe s'il avait complètement arrêté la musique.

— Sean ? Ray veut savoir si Kayla et toi allez retourner sur scène, intervint Abigail, qui s'était frayé un chemin jusqu'à leur table.

— Jouer après Gwyn ? s'écria Sean, l'air horrifié. Non, merci !

Kayla leva les yeux au ciel.

— Bien sûr que si ! affirma-t-elle à Abigail, avant de se tourner vers son comparse : Je sais qu'il est génial, mais tu ne vas pas être intimidé par lui toute ta vie !

— Il ne m'intimide pas, objecta Sean. Je le respecte. C'est différent.

— C'est super, le respect. Mais quand tu commences à

prendre des décisions concernant ton avenir… non, *notre* avenir, en te fondant uniquement sur son avis, je pense que…

— Ce n'est pas ce que je…

Sean s'interrompit : Gwyn était de retour.

— Vous y retournez ? demanda-t-il.

Kayla se leva d'un bond.

— C'est parti !

Elle saisit la main de Sean et l'entraîna vers la scène. Abigail retourna s'asseoir au comptoir, laissant Willow seule avec Gwyn, et un sentiment de culpabilité causé par le fait d'avoir posé toutes ces questions sur lui.

Gwyn n'avait rien entendu de la conversation entre Willow, Sean et Kayla, mais il avait vu leurs visages ; et il décelait à présent la pitié dans le regard de Willow, comme dans tous les regards de ceux qui connaissaient son histoire. Il n'était pas compliqué de deviner de quoi ils avaient parlé.

— Tu t'es fait des amis ? demanda-t-il en reprenant sa pinte.

Willow grimaça.

— Tu nous as entendus ?

— Ce n'était pas nécessaire, il me suffisait de vous regarder pour comprendre de qui vous parliez…

— Ils m'ont expliqué pourquoi tu t'étais éloigné du monde de la musique.

Au moins, elle n'essayait pas de noyer le poisson. Il avait l'impression que Willow était une personne franche, droite.

— Ils ont déballé tous mes sales petits secrets, hein ?

Elle lui jeta un regard spéculatif, comme si elle voyait de nouveaux aspects de sa personnalité qu'elle n'avait pas décelés auparavant.

— Non, pas tous, d'après moi.

Elle tourna légèrement sa chaise pour regarder Sean et Kayla, qui reprenaient à leur sauce un vieux classique, et beaucoup de gens tapaient en rythme dans leurs mains ou chantaient. Décidément, ils étaient trop bons pour rester coincés ici.

— Que voulait dire Kayla quand elle m'a affirmé que Sean prenait ses décisions en fonction de ton avis ? demanda Willow.

Gwyn se raidit. Il ne voulait pas avoir cette conversation ce soir. Parce que cette simple question pouvait ouvrir les portes d'un monde de souffrance qu'il ne voulait plus jamais visiter.

Hélas ! Willow attendait une réponse...

— Elle veut qu'ils déménagent à Londres, à la recherche de la fortune et de la gloire. Or je pense qu'ils ne sont pas prêts. Ils sont trop jeunes, trop naïfs. L'industrie musicale les mâcherait et les recracherait. Abigail est d'accord avec moi.

— Je l'aurais parié.

La voix de Willow était douce, mais il avait entendu autre chose derrière.

— Précise ta pensée.

Il savait qu'il avait l'air revêche, mais jouer ce soir avait fait naître en lui des émotions, comme toujours. Monter sur scène faisait partie de son identité. Il ne pourrait jamais y renoncer complètement. Mais le contrecoup était si violent qu'en général il le renvoyait vers le bar pour y chercher quelque chose de plus fort qu'une bière. Et plus d'une fois. Ce soir pourtant, en tant que chaperon de Willow, il resterait sobre.

— C'est juste que... si j'étais une mère, je ne voudrais pas non plus que mon fils de dix-sept ans s'enfuie à Londres avec sa petite amie à la poursuite d'une chimère.

Elle écarquilla les yeux, comme frappée par ses propres paroles.

— Oh ! mon Dieu ! Pas *si* j'étais une mère, *quand* je serai une mère...

— Donc tu comprends : je me contente de veiller sur eux.

— Oui. Il est difficile de briser les rêves de quelqu'un qu'on aime, mais il se peut qu'ils ne soient pas assez bons.

Elle but une gorgée et l'observa par-dessus le rebord de son verre. Gwyn comprit alors qu'elle essayait de le faire réagir, de le mettre en colère. Et elle y parvenait.

— Tes oreilles sont-elles bouchées ? Tu ne les as pas entendus, ce soir ? Bien sûr qu'ils sont assez bons ! Ils sont incroyables !

— Alors, pourquoi ne pas les laisser partir ?

Il demeura silencieux. Qu'aurait-il pu répondre ?

— Écoute, reprit Willow avec douceur, je me suis retrouvée sur des podiums bien avant d'avoir fini l'école ; *au lieu* de finir l'école, d'ailleurs. Je sais que se retrouver trop jeune, trop candide, trop inexpérimenté sous les projecteurs, cela peut se révéler perturbant et causer des dégâts. Tout le monde n'est pas taillé pour ça. Regarde ma sœur ! Si notre mère ne nous avait pas poussées coûte que coûte sur la voie de la célébrité, Rowan n'aurait probablement pas passé les six dernières années à se cacher ici. Mais le revers de la médaille, c'est que si c'est ce que veulent vraiment Sean et Kayla, ce pour quoi ils sont faits, ils partiront un jour ou l'autre. Il faut les laisser faire leurs propres erreurs.

— Même si ça les tue ?

Les mots étaient sortis avant qu'il n'ait pu les arrêter. Willow Harper était décidément douée pour lui faire perdre son self-control.

— Je comprends que tu t'inquiètes, dit-elle avec prudence. Je me suis inquiétée pour Rowan, à un moment donné. C'est pour ça que je l'ai aidée à s'enfuir. Elle savait qu'elle n'était pas seule. Peut-être que c'est ce dont ils ont besoin, eux aussi.

Elle n'avait pas tort, mais Gwyn n'était pas prêt à l'admettre. Quand Darrell et lui étaient partis explorer le vaste monde, ils n'avaient été ni encouragés ni soutenus. Aucun d'eux n'était proche de ses parents, et Abigail avait ses propres problèmes à l'époque. Il pensait avoir Rachel, mais il s'était trompé. Il se disait souvent qu'il avait eu de la chance de ne pas avoir suivi le même chemin que Darrell.

— Ils ont dix-sept ans, dit-il. Ce dont ils ont besoin, c'est de terminer leurs études et de comprendre que les miracles n'existent pas. Tout ce que l'on obtient dans cette vie, on le paye ; et parfois le prix à payer est bien trop élevé.

— Tu es bien placé pour le savoir ?

Gwyn vida sa pinte et claqua le verre sur la table.

— Ouais. Allez, viens, je te ramène chez toi.

Ensuite, il rentrerait chez lui et ouvrirait la bouteille de whisky qu'il gardait pour les situations d'urgence. C'était reculer pour mieux sauter, il le savait. Parce qu'un jour ou l'autre Willow le mettrait au pied du mur et il ne pourrait esquiver : il devrait lui parler de son passé.

6

Chaque jour, Gwyn passait devant ses fenêtres au cours de son footing, et lorsque Willow levait la main pour le saluer il l'ignorait. La première fois, elle s'était dit qu'il ne l'avait pas vue, la deuxième aussi, mais au bout d'une semaine elle avait la certitude qu'il l'évitait.

Était-ce à cause de la conversation autour de Sean et Kayla ? Parce qu'elle connaissait désormais les secrets de son passé ? Parce qu'elle l'avait serré dans ses bras après son rendez-vous médical ?

C'est peut-être mieux ainsi, après tout, songea-t-elle en faisant sa promenade quotidienne jusqu'à la plage. Ils ne se connaissaient que depuis une quinzaine de jours et s'étaient déjà confié beaucoup de choses de leurs vies respectives. Ils s'étaient même rapprochés plus que de raison si l'on considérait qu'elle était enceinte, se cachait du père, et que Gwyn était le seul ami de sa sœur à Rumbelow. Sans compter qu'elle allait bientôt partir.

Dans ces conditions, il était inutile de perdre du temps à développer une relation, même si elle ne pouvait ignorer le petit pincement dans sa poitrine chaque fois qu'il passait en courant sans la voir.

Durant la semaine écoulée, elle avait rangé les courses

qui lui avaient été livrées, en profitant pour réorganiser les placards de la cuisine de Rowan. Elle s'était attardée sur le travail de sa sœur, étudiant chaque dessin de chaque vêtement affiché sur les murs. Rowan avait indéniablement un incroyable talent de styliste et de couturière ! Elle se demandait pourquoi celle-ci n'avait jamais évoqué cette passion lors de leurs conversations vidéo.

Chaque jour, elle faisait une longue marche et admirait sans se lasser le merveilleux paysage qui s'offrait à elle. Il était encore tôt dans l'année, la plage n'était donc pas encore bondée de touristes. Elle y croisait quelques habitants, des surfeurs et des promeneurs. Elle avait besoin d'activité physique, mais elle ne savait pas exactement ce qui lui était autorisé dans son état. Et comme elle craignait de voir revenir les nausées elle s'en tenait à la marche pour l'instant.

Pendant qu'elle cheminait, Willow essayait de réfléchir. Elle pensait à Ben, au genre de mère qu'elle voulait être, elle essayait de se représenter les différentes étapes de sa vie future. Mais ses pensées tournaient en rond et elle se retrouvait invariablement au même point : elle se cachait sous l'identité de sa sœur, allait avoir un enfant loin du père de celui-ci et était incapable de s'imaginer mère – et encore moins une *bonne* mère.

Le plus frustrant était qu'elle doutait de parvenir à tenir tête à Ben et à lui imposer ses desiderata. Les gens qui la connaissaient n'auraient jamais dit que Willow Harper était influençable, faible ou dépendante ; or Ben lui donnait l'impression d'être les trois. Quand il était dans une pièce, elle avait l'impression qu'il en aspirait tout l'oxygène, toute l'énergie et toute la lumière. Elle se retrouvait spectatrice d'elle-même, privée de tout libre arbitre, de toute volonté propre.

Il lui avait avoué sans fard que ce qui l'avait attiré chez

elle, lors de leur première rencontre, c'était sa beauté, et le fait qu'elle soit mannequin et très courtisée. Puis, au fur et à mesure que leur relation s'était développée, il avait commencé à lui reprocher de montrer trop de peau dans telle campagne publicitaire ou de porter une robe indécente lors de tel événement. Alors qu'auparavant il voulait que tout le monde l'admire, il semblait avoir décidé de la garder pour lui tout seul. Il se plaignait même si elle discutait trop longtemps à son goût avec d'autres hommes, même s'ils étaient des amis de longue date.

Au cours des six derniers mois de leur relation, elle avait eu le sentiment que rien de ce qu'elle faisait ou disait n'était assez bien pour lui. Que *qui elle était* n'était pas assez bien. Dans le même temps, Ben s'était rapproché d'elle. Il lui avait laissé entendre qu'il était temps de passer à l'étape suivante de leur relation – qui ressemblait davantage à un accord commercial. Il utilisait des expressions comme « conclusion logique » ou « ça marche bien entre nous », mais rien de très convaincant, et absolument rien de romantique.

Mais peut-être que dans sa situation le romantisme était un luxe. Elle allait devenir mère : peut-être qu'elle devait plutôt considérer le côté pratique des choses.

Willow soupira. C'était la conclusion peu concluante à laquelle elle parvenait immanquablement à ce stade de sa balade. Elle décida alors qu'un café lui ferait du bien, même décaféiné.

Plutôt que de faire demi-tour vers les marches abruptes qui menaient au sentier de la falaise et à son cottage, elle suivit la grève jusqu'au village. Ainsi, elle pourrait faire une halte dans un café avant d'emprunter le chemin moins escarpé, mais plus long, qui la ramènerait chez elle. Peut-être même croiserait-elle un Gwyn transpirant en tenue de sport.

Par pitié, Willow, ne recommence pas à penser à lui !

Elle le chassa de son esprit et se concentra sur le cadre pittoresque qui l'entourait. Rowan affirmait qu'elle trouvait cet endroit rassurant, apaisant. Peut-être que c'était ce qu'elle avait besoin de trouver à Rumbelow, elle aussi.

Le printemps était arrivé pour de bon, et le soleil chauffait enfin, après s'être longtemps contenté de briller. La pureté bleue du ciel était décorée de nuages blancs et ondulants, poussés par une brise légèrement fraîche. Les jardinières fleurissaient : tulipes, jonquilles et autres fleurs que Willow ne pouvait même pas identifier égayaient les rebords de fenêtres, les places, les carrefours. Les fenêtres des maisons et les portes des magasins étaient ouvertes pour la première fois depuis son arrivée.

Les bébés avaient besoin de glucides, n'est-ce pas ? D'habitude, elle évitait d'en consommer, mais maintenant elle ne mangeait plus seulement pour elle. Donc trouver un endroit pour lui servir un décaféiné et des toasts était une presque obligation morale.

Et peut-être des œufs. Ou un sandwich à la saucisse…

Elle évita le café où elle avait croisé Gwyn la première fois, plus parce que c'était le café de Rowan que parce qu'elle craignait de le revoir et d'être mal à l'aise. Et puis Rumbelow regorgeait de charmants endroits où prendre une boisson chaude et grignoter un morceau, pourquoi se limiter à celui-ci ?

Elle en choisit un à l'avenante façade colorée. Bientôt, elle était attablée dans un coin devant une grande tasse de décaféiné et une galette-saucisse. Depuis sa place, elle put à loisir observer les promeneurs et les clients. Elle avalait sa dernière bouchée lorsque la sœur de Gwyn entra. Abigail la salua d'un signe de la main en se dirigeant vers le comptoir.

Willow regarda sa tasse de café presque vide et réfléchit aux options qui s'offraient à elle. Elle pouvait la vider et s'enfuir avant qu'Abigail ne puisse la rejoindre, ou bien elle pouvait rester et peut-être en apprendre un peu plus sur Gwyn.

Oui, bon, il n'y a qu'une véritable option, non ?

Willow comprit qu'elle avait fait le bon choix en voyant Abigail se diriger vers sa table avec deux tasses de café à la main : la sœur de Gwyn comprenait les petits plaisirs du matin.

— Déca, c'est ça ? dit-elle en s'asseyant. C'est ce que Shelley m'a dit que tu avais commandé.

— Oui, merci.

Willow lui sourit, sans expliquer qu'elle avait renoncé au café parce que la caféine était mauvaise pour son bébé. Personne d'autre que Gwyn ne savait qu'elle était enceinte, et elle n'avait pas l'intention d'ébruiter la nouvelle.

— Je suis contente de te trouver ici, Rowan. Je voulais te parler.

Le sourire de Willow se figea. D'après son expérience, ces paroles signifiaient souvent que ce qui allait suivre serait pénible à entendre.

Abigail, tout en courbes, rendait une bonne tête à son frère, mais elle avait les mêmes cheveux et les mêmes yeux sombres. Lorsqu'elle l'épingla d'un regard déterminé à travers la table, Willow se dit qu'elle aurait dû s'enfuir tant que c'était encore possible.

— Ah bon ? dit-elle, essayant de montrer une légère curiosité plutôt que de la peur.

— Oui. Je voulais te dire à quel point je suis heureuse que toi et Gwyn soyez devenus... plus proches ces derniers temps.

— Des *amis* plus proches. Juste des *amis*, se défendit-elle avec empressement.

Le sourire d'Abigail était bien trop complice. Comment lui faire comprendre qu'elle se trompait sur toute la ligne ?

— Bien sûr. C'est juste que Gwyn n'a pas eu beaucoup d'amis par ici depuis qu'il est revenu. Il ne se laisse pas facilement approcher, et c'est agréable de le voir s'ouvrir un peu.

— Son amitié m'a vraiment été très précieuse, avoua-t-elle avec sincérité.

— Je suis sûre que la réciproque est vraie aussi. C'est pourquoi je voulais te demander de te joindre à nous demain pour notre déjeuner du dimanche. Si tu n'es pas trop occupée, bien sûr.

Toutes les excuses possibles et imaginables pour s'en sortir s'envolèrent de l'esprit de Willow, le laissant totalement vide. Elle hésita, puis soupira.

— Euh... Je...

Elle n'était pas très douée pour l'art culinaire, et cuisiner pour elle toute seule l'ennuyait, raison pour laquelle elle s'était fait livrer seulement des aliments qui lui permettaient de se préparer rapidement des plats simples. Cela faisait longtemps qu'elle n'avait pas mangé un vrai repas, surtout fait maison. Gwyn pourrait ne pas se montrer ravi de sa présence, mais au moins il ne pourrait pas l'éviter.

— Ce serait super, dit-elle d'une voix ferme. Qu'est-ce que je peux apporter ?

— Tu as invité *qui* ? s'étrangla Gwyn.

De toute évidence, il avait mal entendu : il était impossible que sa sœur ait dit ce qu'il imaginait qu'elle avait dit.

— J'ai invité Rowan à partager notre déjeuner, répéta Abigail.

Gwyn consulta nerveusement sa montre. Bon sang ! il était trop tard pour se dépêtrer de cette situation. Bien sûr, si sa sœur avait invité chez elle la vraie Rowan, tout aurait été différent. Il aurait été agréable et amical, puis elle serait rentrée chez elle et il aurait passé le reste de la journée tranquillement en famille. Or Abigail avait invité Willow Harper, top model mondialement connu, à manger du rosbif et du pudding.

La même Willow qu'il s'efforçait ces temps-ci d'éviter.

Il se passa une main dans les cheveux et soupira.

— Je pensais qu'il n'y aurait que nous. Je pensais que nous allions reparler à Sean et Kayla de... eh bien, tu sais de quoi.

— On ne peut pas parler de Londres avec une invitée dans la maison ? fit mine de s'étonner sa sœur.

— Tu es d'une mauvaise foi très pénible.

Sa sœur lui adressa un sourire faussement ingénu.

— Honnêtement, je ne pensais pas que c'était un problème. Sean et Kayla l'ont adorée l'autre soir, et tout le monde sait que vous avez passé du temps récem...

— Non, c'est faux.

L'expression d'Abigail reflétait la quintessence de la grande sœur parfaite et d'une patience à toute épreuve.

— Gwyn, tu l'as amenée à la scène ouverte, la semaine dernière ! Et ce n'est pas parce que tu as fait un détour que personne ne vous a vus ensemble dans ta voiture.

Oh ! non... Bon, tant que ce fouineur ou cette fouineuse de commère ne les avait pas suivis jusqu'au cabinet médical, ce n'était pas si grave. Cependant, Gwyn se demandait combien de temps Willow allait pouvoir garder secrète son identité. Mais il était presque sûr que passer du temps avec sa sœur et son neveu réduirait considérablement ce délai.

Abigail posa la main sur son bras.

— Personne ne te chambre ni ne te juge. Et les gens qui ont remarqué quelque chose n'en pensent que du bien. Ils se soucient de toi, veulent que tu sois heureux. Si Rowan te rend heureux, il n'y a aucune raison de le cacher, si ? Tu as droit au bonheur à nouveau.

Gwyn n'en était pas sûr. Il s'était passé tellement de choses, il y avait déjà eu tellement de dégâts, qu'il n'était même plus sûr de savoir comment ressentir le bonheur, et encore moins de croire qu'il le méritait. Ne pas être malheureux lui suffisait, pour le moment. Et comme c'était déjà bien plus que ce qu'il avait espéré en revenant il ne voyait aucune raison de changer d'avis – il savait d'expérience que plus l'on atteint un niveau de bonheur élevé, plus on risque de tomber de haut.

La sonnette de l'entrée retentit. Gwyn jeta un dernier regard furieux à sa sœur avant de se diriger vers la porte.

Willow se tenait sur le seuil, un bouquet de fleurs et une bouteille de vin dans les mains. Elle posait sur lui un regard inquiet.

— Tu n'étais pas obligée de dire oui, lança-t-il.

— J'ai un faible pour le rosbif.

Gwyn se retint de s'esclaffer : elle avait vraiment le sens de la repartie. Il s'écarta pour la laisser entrer, puis la débarrassa du vin et des fleurs. Willow fit glisser sa veste de ses épaules. En dessous, elle portait un simple pull noir et un jean, avec un collier et des boucles d'oreilles en or. Rowan n'aurait jamais porté des couleurs aussi basiques et des vêtements aussi unis. Heureusement, Abigail l'ignorait.

— Je ne suis pas assez élégante pour l'occasion ? demanda-t-elle, l'air angoissé.

Bravo, Gwyn ! Elle t'a surpris en train de la fixer.

— Tu es parfaite !

Et c'était vrai, du moins si « parfaite » signifiait aussi intouchable, sublime et impossible à regarder trop longtemps sans être aveuglé. Oui, Willow Harper était la plus belle femme qu'il avait jamais vue, et Gwyn devait produire un effort surhumain pour ne pas lui caresser la joue, le cou, pour ne pas lui passer les doigts dans les cheveux.

— Rowan ! Tu es là !

Abigail émergea de sa cuisine, un tablier à fleurs enroulé autour de la taille. Elle nota le bouquet de fleurs et tendit la main.

— Oh ! c'est pour moi ? Merci beaucoup ! Personne ne m'apporte jamais de fleurs. Viens dans la cuisine et ouvrons cette bouteille de vin.

Abigail retourna en cuisine. Alors, Gwyn jeta un regard de connivence à Willow. Elle n'avait apparemment pas anticipé qu'apporter du vin allait l'obliger à expliquer sans révéler sa grossesse pourquoi elle n'en buvait pas...

Mais l'invitée surprise ignora complètement son regard et suivit Abigail dans la cuisine, ne lui laissant d'autre choix que de lui emboîter le pas.

— Je suis contente que tu aimes les fleurs, dit-elle en sortant une autre bouteille de son sac. J'ai aussi apporté un truc sans alcool pour moi. Je suis sous antibiotiques en ce moment, je ne peux pas boire d'alcool.

Gwyn leva les yeux au ciel. Les antibiotiques, bien sûr ! L'excuse classique, à laquelle personne ne pouvait rien objecter. Pourquoi n'y avait-il pas pensé ?

Il connaissait la réponse à cette question : parce qu'il était perturbé par sa présence.

Il s'assit sur une chaise à la table de la cuisine tandis que cette évidence s'installait dans son cerveau.

En voyant Willow plaisanter et rire avec Abigail, Gwyn avait l'impression qu'elle faisait partie de sa vie, lui qui était bien décidé à ne pas en autoriser l'accès à de nouvelles personnes – il ne ramenait pas de femmes chez lui, ne se faisait pas de nouveaux amis. Ceux dont il devait s'occuper, à savoir Sean, Abigail et lui-même (parce qu'il ne pouvait pas faire autrement), lui causaient déjà bien assez de soucis. Il n'était pas misanthrope, n'avait rien contre ses semblables, mais prendre soin de trois personnes, les protéger, c'était sans doute déjà au-delà de ses capacités.

Il avait laissé tomber suffisamment de gens dans sa vie pour ne pas risquer d'en décevoir d'autres. Abigail et Sean étaient sa famille, il les aimait, il n'avait pas d'autre choix que de faire de son mieux pour eux, sans jamais les laisser voir à quel point il craignait en permanence de tout gâcher. Abigail lui avait déjà pardonné une fois de lui avoir fait défaut ; il ne voulait plus jamais avoir à lui demander pardon.

Même s'il était très tentant de jouer le chevalier servant pour Willow, il ne pouvait pas laisser entrer plus de monde dans son cercle proche. Heureusement, elle avait la force, l'intelligence et l'argent nécessaires pour se débrouiller seule. Cela l'aidait de savoir qu'elle n'avait pas besoin qu'il la protège. Enfin, cela l'aidait *en théorie*. Car en pratique, tandis qu'il l'observait goûtant la sauce préparée par Abigail, il ne lui semblait pas aussi facile de mettre de la distance avec elle.

Ce n'est pas parce qu'elle n'a pas besoin de toi que tu ne peux pas l'aider, lui être utile d'une manière ou d'une autre, lui soufflait une voix venue de ses tripes.

Apprends de tes erreurs ! lui répondait la voix de la raison. *Tu n'es pas capable de te préoccuper d'une personne en plus de Sean, Abigail et toi-même.*

Quoi qu'il en soit, elle allait bientôt retourner à New York, peut-être même pour retomber dans les bras de son ex, le père de son enfant, qu'elle était venue à Rumbelow pour fuir.

Gwyn avait lutté pour ne pas chercher sur Internet de renseignements au sujet de cet homme. Parce que ce n'étaient pas ses affaires. *Et parce que tu ne veux pas voir de photos d'elle au bras d'un autre homme,* lui murmura cette stupide voix de la raison, qu'il fit aussitôt taire.

Willow était à peine une amie, elle pouvait bien fréquenter qui elle voulait, vivre avec qui elle voulait, avoir un bébé avec qui elle voulait. Cela ne lui faisait ni chaud ni froid. N'est-ce pas… ?

— Pourquoi tu broies du noir, petit frère ? lança soudain Abigail par-dessus son épaule, une cuillère en bois à la main.

Gwyn leva la tête. Il s'aperçut que les magnifiques yeux bleus de Willow le scrutaient avec curiosité – et une dérangeante pointe de perspicacité, comme si elle devinait la vérité et attendait qu'il l'admette.

Il l'avait déjà laissée entrer, bien plus qu'il n'en avait eu l'intention lors de leur rencontre. Et une partie de lui-même, dont il craignait qu'elle ne soit localisée autour du cœur, voulait la laisser entrer encore plus.

Tandis que Gwyn et elle remontaient en silence la colline en direction du cottage de Rowan, Willow se repassait les images de ce surprenant et chaleureux déjeuner dominical.

À partir du moment où elle avait accepté l'invitation d'Abigail, sa nervosité n'avait fait que croître et ses doutes augmenter. Lorsqu'elle avait vu l'expression de Gwyn quand il avait ouvert la porte, la boule dans son ventre avait triplé de volume. Il avait été évident que sa présence le contrariait.

Quand Abigail lui avait offert un verre de vin, elle avait compris pourquoi.

Sa venue représentait un trop grand risque. Passer du temps avec des personnes gentilles et agréables, bavarder de tout et de rien autour d'un bon repas ne ferait qu'augmenter la probabilité que quelqu'un s'aperçoive qu'elle n'était pas qui elle disait être.

À ce moment-là, elle avait failli tourner les talons. Mais le regard de Gwyn, qui semblait attendre (espérer ?) exactement cette réaction de sa part, l'avait poussée à rester, ne serait-ce que pour la satisfaction de lui prouver qu'il avait tort. Abigail avait accepté sans sourciller le prétexte des antibiotiques, puis tout s'était déroulé étonnamment bien.

Sean et Kayla n'avaient pas paru surpris que Willow ait été conviée au déjeuner du dimanche, et sa présence n'avait pas semblé censurer ou entraver les conversations familiales. Les débats, discussions animées et autres taquineries avaient rythmé le délicieux repas, comme si Willow avait toujours été dans le paysage.

— Rowan n'est jamais venue déjeuner chez ta sœur, si ?

— Mon Dieu, non ! Abigail n'invite presque plus personne. Quand j'ai emménagé ici, elle s'est mis en tête d'inviter des amies et connaissances célibataires dans le but de me caser. J'ai fini par lui dire que si elle persévérait je ne viendrais plus. Et puis un déjeuner de famille, c'est pour la famille, non ?

Willow grimaça. C'était sans doute aussi pour cela qu'il avait eu l'air si grincheux quand elle était arrivée.

— Je suis désolée. Je n'avais pas réalisé que la dimension familiale te tenait autant à cœur.

Contre toute attente, Gwyn lui sourit.

— Je lui ai dit ça seulement pour qu'elle cesse de m'organiser des rencontres. C'était... c'était bien que tu sois là aujourd'hui.

Ce compliment inattendu fit passer une onde de chaleur dans tout son corps.

— C'était sympa d'être invitée. Ta sœur est une excellente cuisinière.

— Tu n'es venue que pour la nourriture ?

— La compagnie n'était pas si mal non plus, admit-elle. À partir du moment où tu as cessé de me faire la tête.

— Je ne te faisais pas la tête, nia Gwyn malgré l'évidence.

C'est juste que… je ne veux pas qu'ils se fassent des idées. À propos de toi et moi.

Willow tiqua. Tout à coup, le déroulement de ce déjeuner et du début d'après-midi prenait un tout autre sens.

— Tu as peur qu'ils pensent que nous sommes plus que des amis ?

— Non. Je sais que c'est déjà le cas.

Willow fronça les sourcils, intriguée.

— Abigail t'a dit quelque chose ?

— Elle n'en a pas eu besoin. J'ai vu la lueur d'autosatisfaction dans ses yeux. Comme si elle jubilait d'être l'instigatrice de cette relation imaginaire.

Il avait l'air plus agacé que fâché. *Tant mieux,* se dit-elle. La dernière chose qu'elle voulait, c'était être à l'origine d'une dispute entre le frère et la sœur.

Ils marchèrent en silence pendant quelques minutes sur le sentier de la falaise. Willow se demanda s'il serait judicieux de rester enfermée chez Rowan jusqu'à ce qu'elle ait pris une décision. Elle avait de la nourriture dans le frigo et les placards, sans compter les restes qu'Abigail avait presque fourrés de force dans son sac en jurant ses grands dieux que cela lui faisait plaisir. Peut-être que cela ferait taire la rumeur d'une histoire entre Gwyn et elle.

— Ce n'est pas comme si j'avais honte, déclara soudain Gwyn. N'importe quel homme serait flatté qu'on le croie ton petit ami ; ou celui de Rowan, d'ailleurs.

— Vu la tête que tu fais, ce n'est pas une évidence ! s'exclama-t-elle en riant. Allez, dis-moi, qu'est-ce qui te dégoûte chez moi ?

Elle le taquinait, mais il y avait une part de vérité dans sa plaisanterie. En effet, elle ne pouvait s'empêcher de penser que quelque chose chez elle lui rendait insupportable l'idée que les gens les imaginent ensemble.

— Ce n'est pas toi, c'est moi, affirma Gwyn. Je ne désire rencontrer personne, je ne veux sortir avec personne, je ne veux pas d'une relation, et je ne veux surtout pas que ma famille ait l'impression que la situation va changer.

— Pourquoi ?

— Pourquoi ne pas les laisser se faire des fausses idées ?

— Non. Ça, je le comprends parfaitement. Je voulais juste savoir pourquoi tu rejettes l'idée même d'une relation. Et ne va pas t'imaginer que je te fais des avances ! C'est une question amicale, ajouta-t-elle avec un grand sourire.

7

La question de Willow avait été posée sans malice, Gwyn n'en doutait pas, cependant pour lui elle était épineuse. Il prit le temps de réfléchir à sa réponse ; il la connaissait, mais il n'était pas certain de vouloir la partager avec elle pour l'instant.

Il pouvait se contenter de dire qu'il avait eu de mauvaises expériences et s'en tenir là. Ou prétendre qu'il se concentrait en ce moment sur d'autres aspects de sa vie. Ou encore inventer un amour fou dont il n'avait jamais surmonté la fin – même si cette excuse ne serait pas tout à fait une invention.

Ou bien tu peux lui dire la vérité.

— Ma dernière relation sérieuse s'est... mal terminée. Très mal.

Il se tut, en espérant qu'elle se contenterait de cela. Apparemment, c'était mal la connaître...

— Puis-je te demander ce qui s'est passé ?

Elle lui avait posé la question sans le regarder, les yeux tournés vers la mer. Il se demanda une nouvelle fois s'il lui dirait la vérité ou non. S'il lui mentait, elle ne le saurait jamais, cela ne ferait aucune différence.

— Sean et Kayla t'ont raconté ce qui est arrivé avec Darrell quand nous avons déménagé à Londres, n'est-ce pas ?

Willow acquiesça.

— On dirait que vous étiez sur le point de devenir des superstars quand il est mort.

— Ouais.

La perte du futur doré qui s'était ouvert devant eux était un ingrédient à ajouter au mélange dévastateur de chagrin, de culpabilité, de souffrance et au sentiment de perte qu'il avait ressentis après la découverte du corps de Darrell.

Mais ce n'était pas le seul futur qu'il avait perdu.

— Je suppose qu'ils ne t'ont pas parlé de Rachel.

— Rachel ? Non.

— Je suis presque sûr qu'ils ne connaissent même pas toute l'histoire. Presque personne ne la connaît, sauf Abigail et Rachel elle-même. J'apprécierais que cela reste entre nous.

Dans les grands yeux bleus de Willow désormais posés sur lui brillaient l'honnêteté et la bienveillance.

— Évidemment. Mais tu n'es pas obligé de m'en parler si cela t'inquiète.

— Ce n'est pas le cas.

C'était un demi-mensonge. Il ne craignait pas que Willow ne répande ce secret, d'autant moins qu'il connaissait au moins deux des siens. S'il s'inquiétait, c'était seulement de savoir comment elle réagirait, comment elle le regarderait une fois qu'elle connaîtrait l'histoire.

Gwyn enfonça les mains dans les poches de son blouson, cherchant la meilleure façon de commencer à raconter.

— Rachel et moi... nous étions amoureux l'un de l'autre, au lycée. Nous étions persuadés d'être faits l'un pour l'autre ; enfin, j'en étais persuadé...

— Mais pas elle ? hasarda Willow d'une voix douce.

— Elle disait que si. Elle étudiait encore lorsque Darrell et moi avons déménagé à Londres, elle n'est donc pas venue avec nous. Avec le recul, il est évident qu'elle n'en avait pas envie.

Ce n'était pas le genre d'avenir qu'elle envisageait pour elle. Je suppose que… qu'elle aimait bien que son mec joue dans un groupe, quand nous étions au lycée, mais elle a toujours pensé que c'était un hobby et que je finirais par trouver un vrai travail. Je ne l'avais pas compris, à l'époque.

— Tu es donc allé à Londres en pensant qu'elle t'attendrait patiemment à Rumbelow…

— Et elle l'a fait, répondit Gwyn. Pendant un certain temps. J'ai continué à penser qu'elle finirait par nous rejoindre à Londres, même lorsqu'elle a trouvé un travail ici après avoir terminé ses études. Ce qui aurait dû être un indice.

Il savait déjà que, dans l'esprit de Willow, Rachel était la méchante de l'histoire. Elle n'avait pas tout à fait tort, mais elle n'avait pas tout à fait raison non plus. Ils approchaient du cottage de Rowan. Il était temps pour lui d'arracher le sparadrap d'un coup sec et de raconter la pire partie de l'histoire.

— Quand elle a découvert qu'elle était enceinte, elle ne me l'a pas dit.

La main de Willow se posa sur son avant-bras et le serra fort.

— Le bébé était le tien ? demande Willow. Désolée, je ne veux pas dénigrer Rachel, je ne la connais pas.

Gwyn laissa échapper un ricanement amer. Lui non plus ne la connaissait pas à l'époque, semblait-il. Du moins pas aussi bien qu'il le pensait.

— C'était le mien, dit-il fermement.

Willow resta silencieuse pendant un long moment. Il se demanda ce qu'elle pensait. Croyait-elle maintenant qu'il la jugeait pour ne pas avoir encore parlé au père de son enfant ? Elle ignorait qu'il avait parfaitement compris les motivations de Rachel – ce qui avait rendu les choses encore plus difficiles.

— L'a-t-elle… l'a-t-elle gardé ?

L'hésitation dans sa voix lui dit qu'elle avait sauté à la

mauvaise conclusion. C'était inévitable, puisqu'il n'avait jamais dit qu'il était père. Parce qu'il ne l'était pas. Et ne s'imaginait pas le devenir un jour.

— Elle a trouvé quelqu'un qui pouvait lui donner ce qu'elle attendait. Je ne sais pas si cela a commencé avant qu'elle découvre sa grossesse ou après, mais certainement avant qu'elle ne m'avoue qu'elle était enceinte. Le calendrier fait que le bébé était le mien. Elle n'a tout simplement jamais eu l'intention de l'élever avec moi. Je n'étais pas le genre d'homme avec lequel elle désirait fonder un foyer, apparemment.

Il ne pouvait pas lui en vouloir, ni hier ni aujourd'hui. Même avant ce qui s'était passé avec Darrell, il n'avait pas vraiment eu le profil d'un mari, et encore moins d'un père. Il s'était concentré sur sa carrière musicale et, si celle-ci s'était déroulée comme prévu, il aurait été en tournée la majeure partie de l'année, ou en promotion, en studio, en train de composer. Il n'aurait jamais eu le temps ni la disponibilité pour se soucier d'une femme et d'un enfant.

Après la mort de Darrell, il était devenu impossible de prendre le risque de laisser tomber quelqu'un d'autre, et surtout pas son propre enfant. Il n'était pas fait pour les relations humaines, c'était aussi simple que cela.

Il ne savait pas si Willow pourrait le comprendre, alors il se contenta de dire :

— Elle a fait une fausse couche vers la douzième semaine. Après ça, elle n'a plus voulu me voir. Elle a déménagé avec son nouveau mec, et aux dernières nouvelles ils étaient les heureux parents de trois enfants. Rachel a eu ce qu'elle voulait à la fin.

— Elle a eu ce qu'elle voulait, mais toi non.

— Je ne me suis jamais vraiment vu comme un père.

Le regard que Willow lui jeta prouvait qu'elle avait deviné la vérité profonde : il avait voulu l'être. Pendant la fraction de seconde où Rachel lui avait parlé du bébé, il avait voulu être un type assez bien pour devenir père. Puis il avait très vite atterri : il ne pourrait jamais être un type assez bien.

Et ce constat était encore valable aujourd'hui. Par conséquent, il devait continuer à se concentrer sur ses priorités, à savoir Abigail et Sean. Il ne pouvait pas se permettre d'en être distrait ou détourné, même par un sublime ange blond qui méritait vraiment qu'on prenne soin de lui, par quelqu'un qu'il considérait déjà comme une amie, quelqu'un qui pouvait le comprendre jusqu'au plus profond de lui-même.

Il retira donc son bras du sien lorsqu'ils atteignirent le cottage de Rowan.

— Te voilà arrivée à bon port.

— Merci, lui dit Willow avec un sourire amusé. J'ai l'impression que Rumbelow est en effet le genre d'endroit où l'on a besoin d'un garde du corps pour rentrer chez soi un dimanche.

— Nous sommes un village qui offre des prestations complètes à ses visiteurs, répliqua-t-il sur le même ton taquin.

La tentation de s'attarder et de badiner avec elle était grande. Comme Gwyn était presque certain qu'elle allait lui proposer d'entrer boire un dernier café, il se força à se détourner et à poursuivre son chemin. Un contact doux sur son bras l'arrêta dans son mouvement. Il poussa un petit soupir résigné et se retourna. Willow se mordillait la lèvre inférieure, et il ne put s'empêcher de fixer sa bouche. Il s'imagina l'embrasser. Il s'imagina l'emmener à l'intérieur du cottage et l'embrasser à nouveau, en guise de hors-d'œuvre.

Durant les quelques heures du déjeuner familial, la présence de Willow lui avait donné un aperçu de ce que sa vie aurait pu être.

— J'allais te demander de...

Elle s'interrompit, prit une grande inspiration et poursuivit :

— Écoute, je comprendrais tout à fait que tu refuses, mais… j'ai ma première échographie mercredi.

— Tu as besoin que je t'emmène ?

Tout le monde avait *besoin* de quelque chose, et personne ne semblait comprendre qu'il n'était pas la bonne personne à qui demander.

— Non, fit Willow en secouant la tête. Je peux prendre un taxi. Je suis tout à fait capable d'y aller seule, mais je me demandais… je me demandais si tu avais *envie* de venir avec moi.

— Pourquoi ?

Son sourire était doux et tendre lorsqu'elle répondit :

— Parce que tu as été là pour moi depuis le moment où je suis arrivée ici. Je me suis dit que tu voudrais peut-être voir à quoi tout cela avait servi.

Gwyn n'était pas préparé à la vague d'émotion qui l'emporta. Il serra les dents comme pour la contenir et hocha vivement la tête.

— À mercredi, alors.

Puis il se retourna et s'éloigna d'un pas vif. C'était ça ou l'embrasser, ce qui aurait été un pas de plus vers un désastre certain.

Le mercredi était arrivé trop vite et trop lentement à la fois.

D'une part, Willow était terrifiée à la perspective de découvrir son bébé sur l'écran de l'échographie et que tout devienne enfin réel, y compris les décisions qu'elle allait devoir prendre très rapidement ; d'autre part, elle était impatiente de voir son enfant – et, si elle était tout à fait honnête avec elle-même, de revoir Gwyn.

Comme s'il l'évitait à nouveau, elle ne l'avait pas vu depuis qu'ils avaient partagé ce moment étrange sur le pas de sa porte, quand il lui avait livré quelques-uns de ses secrets et quand, juste l'espace d'un instant, elle avait imaginé qu'il était sur le point de l'embrasser.

Ce qui était ridicule, bien sûr.

Gwyn n'était rien d'autre qu'un ami bienveillant, et seulement à cause de l'amitié qu'il portait à Rowan, elle en était sûre. Sans parler du fait qu'elle était enceinte de l'enfant d'un autre homme et qu'elle devrait retourner à New York d'un jour à l'autre.

Bien sûr que non, il n'avait jamais été sur le point de l'embrasser. Elle avait projeté sur lui ses propres désirs, car sur le moment, en effet, elle aurait vraiment voulu qu'il le fasse.

Avec un soupir, elle se laissa aller en arrière sur sa chaise pour finir son thé, attendant que Gwyn vienne la chercher. Elle maudissait ses hormones qui, soupçonnait-elle, généraient cette attirance à l'égard de son beau voisin. C'était la seule explication possible, puisque sa raison ne cessait de lui répéter que commencer une histoire romantique avec lui serait un désastre. Pour l'un comme pour l'autre. Outre sa situation actuelle, plutôt compliquée, il avait manifestement beaucoup de traumatismes passés à surmonter. Or elle n'avait pas l'intention d'essayer de réparer qui que ce soit. Elle était en trop mauvais état pour cela.

Son test de grossesse positif lui avait ouvert les yeux sur le fait que sa relation avec Ben n'était rien d'autre qu'un simulacre, un spectacle mondain, un accord commercial. Ce n'était pas de l'amour, elle n'y trouvait ni soutien, ni respect, ni passion, ni aucun des autres ingrédients indispensables à une relation amoureuse saine et épanouie.

Willow était presque sûre que Gwyn serait capable de mettre ces ingrédients dans une histoire, avec elle ou avec une autre femme, mais qu'il était trop effrayé pour se l'autoriser.

C'était peut-être pour cela qu'ils s'entendaient si bien. Ils étaient tous les deux dans un sale état, chacun à sa manière, et aucun d'eux n'attendait quoi que ce soit de l'autre.

Pour la première fois, sans doute, Willow comprenait pourquoi Rowan s'était enfuie des années auparavant pour venir se terrer ici. Ce n'était pas juste pour la vue magnifique, le pittoresque du village ou l'éloignement : c'était pour la sécurité.

Ici, à flanc de colline, presque au bord d'une falaise, avec pour plus proche voisin un ancien musicien revêche retiré du monde, Rowan se savait à l'abri de ceux qui se souciaient de sa célébrité passée. Ici, elle pouvait se cacher loin des projecteurs et de leur mère, construire une chrysalide autour d'elle et attendre d'être prête à en faire émerger, tel un papillon, la personne qu'elle voulait être.

Le seul problème avec sa sœur, selon Willow, c'était que sa personnalité pouvait très bien la pousser à rester enfermée dans cette confortable chrysalide pour toujours, juste pour éviter d'être déçue ou malmenée par la vie à l'extérieur. Découvrir la couleur de ses ailes était d'ailleurs l'une des raisons pour lesquelles Willow l'avait poussée à se rendre à New York.

De son côté, elle n'avait pas à se poser la question de rester cachée pour toujours. Même si elle mourait de peur à cette perspective, dans quelques mois, elle serait mère. D'ailleurs, comme si elle avait besoin qu'on le lui rappelle, son jean n'avait pas voulu fermer ce matin, et les soutiens-gorge de grossesse qu'elle avait commandés la serraient déjà. Elle en avait commandé de nouveaux et avait emprunté un jean à Rowan, qui privilégiait, Dieu merci, les vêtements amples.

Elle entendit la voiture de Gwyn s'arrêter devant la barrière. Elle se leva, attrapa son sac et gagna la porte, qu'elle ouvrit au moment où il allait toquer, le poing levé.

— Tu es prête ?

Elle nota immédiatement qu'il évitait de croiser son regard.

Quand il prit son sac il ne lui effleura pas les doigts. Et quand il ouvrit la portière passager de la voiture il se recula le plus possible avant qu'elle ne monte.

Aucun d'eux ne parla avant d'être sur la route principale, s'éloignant à toute vitesse de Rumbelow.

— Alors, est-ce qu'ils vont te dire si c'est un garçon ou une fille ? demanda soudain Gwyn.

— Je n'en suis pas sûre. En général, lors de l'échographie des douze semaines, il est trop tôt pour le dire. Mais je crois que je les ai dépassées.

D'au moins trois semaines, d'après ses calculs.

— Alors c'est juste pour... vérifier que tout va bien ?

L'hésitation et l'appréhension dans la voix de Gwyn lui rappelèrent ce qu'il lui avait raconté trois jours auparavant à propos du bébé que sa petite amie avait perdu.

Tu n'aurais pas dû lui demander de venir. Ça doit être difficile, pour lui.

— Tu sais, tu peux attendre dans la voiture quand nous serons à l'hôpital, dit-elle. Je n'ai pas besoin que tu viennes avec moi.

— Peut-être que j'en ai envie.

— Pourquoi ? Oh ! peu importe, ajouta-t-elle précipitamment.

Car elle connaissait la réponse à sa propre question : Gwyn était venu avec elle au cas où il y aurait une mauvaise nouvelle. Il ne voulait pas qu'elle soit seule si l'examen révélait un problème.

Elle posa la main sur celle de Gwyn, elle-même posée sur le levier de vitesse.

— Je te remercie.

Ce n'est qu'une échographie. Comme une photo. Si tout va bien, tu pourras continuer à avancer. Ce n'est qu'une échographie, Will...

Mais elle avait beau tâcher de se rassurer tandis que, après une brève attente, Gwyn et elle étaient introduits dans le cabinet de la praticienne, elle savait que ce moment représentait plus que cela : la preuve concrète qu'une petite vie se développait en elle.

Elle avait machinalement pris la main de Gwyn au moment où l'infirmière avait appelé son nom. L'échographiste la pria de s'installer dans le fauteuil d'examen, puis désigna une chaise posée à côté :

— Le papa peut s'asseoir ici.

— Je ne suis pas le papa, dit Gwyn avec sérieux. Je suis juste le soutien moral.

— C'est un ami, expliqua Willow. Le père est… à l'étranger en ce moment. Pour affaires.

— D'accord.

La praticienne les regarda avec un sourire un peu entendu, puis demanda à Willow de relever son haut et de baisser la ceinture de son pantalon. Willow supposait qu'elle devait voir toutes sortes de couples et de configurations parentales dans son travail. De toute façon, elle ne faisait rien de mal. Elle n'avait pas cherché sur Internet à savoir comment Ben passait son temps libre en son absence, mais elle aurait parié que c'était plus scandaleux que des rendez-vous médicaux avec un ami, un concert dans un pub et un déjeuner dominical.

— Voyons ce que nous avons là-dedans, d'accord ? demanda l'échographiste en étalant un gel froid sur son ventre.

Ses abdominaux se contractèrent encore plus. Chacun de ses muscles était déjà crispé par l'attente et l'appréhension. Willow tendit la main, cherchant à l'aveuglette quelque chose à quoi se raccrocher pour se rassurer.

Quand elle sentit les doigts de Gwyn se resserrer autour des siens, elle sourit.

D'aussi loin qu'il se souvienne, Gwyn avait toujours détesté les hôpitaux. Cela n'avait rien à voir avec les événements tragiques de sa vie personnelle, mais plutôt avec l'atmosphère de ces lieux emplis de gens anxieux, tendus, de gens qui encaissaient des mauvaises nouvelles, de gens dont la vie était sur le point de basculer, de gens en train de mourir aussi.

Mais Willow lui avait demandé d'être là, et il était la seule personne de son entourage susceptible de l'accompagner, alors... il était là.

Il y avait réfléchi toute la nuit. Il s'était promis ne laisser personne d'autre entrer dans son cercle intime, pour ne pas s'exposer de nouveau à la déception et à la perte. Toutefois, Willow ne resterait pas à Rumbelow ; elle ne serait pas là assez longtemps pour qu'il finisse par l'abandonner comme il avait abandonné trop de ses proches. La perdre était inévitable de toute façon, alors il avait choisi un entre-deux : être là pour elle, mais ne pas se laisser trop approcher, et se blinder par anticipation contre les conséquences émotionnelles de son inévitable départ.

Willow et son bébé ne seraient jamais sous sa responsabilité à long terme, voilà ce qu'il s'était répété dans l'obscurité de sa chambre et sur le chemin de l'hôpital, ce qu'il se répétait encore tandis que l'échographiste passait son instrument sur le ventre de la jeune femme.

Pourtant, lorsqu'il vit l'image se former sur l'écran, la main dans celle de Willow qui la serrait fort, il se demanda comment il avait pu se leurrer lui-même à ce point. Parce qu'il n'y avait qu'une seule raison à sa présence ici : il ne pouvait pas s'imaginer être ailleurs.

C'est dangereux, Gwyn. Tu dois partir avant que ça ne tourne mal.

Il ignora la voix de la raison et se pencha vers l'image floue et tremblotante qui apparaissait à l'écran. L'échographiste désigna une masse blanche au milieu de l'image.

— Ici, on distingue la tête. Vous la voyez ? Puis voici la colonne vertébrale, jusqu'aux jambes.

Il fallait beaucoup d'imagination (ou de pratique) pour voir un enfant dans ce magma noir et blanc. Les doigts de Willow serrèrent à nouveau les siens, et le cœur de Gwyn vit alors presque clairement le petit fœtus. Il eut au même moment la certitude que, s'il avait laissé Willow vivre seule cette expérience, il l'aurait regretté toute sa vie.

— Vous en êtes à environ dix-sept semaines, d'après ce que je peux voir. Ce qui signifie que nous pourrons peut-être déterminer le sexe. Est-ce que vous le souhaitez ?

Willow acquiesça, puis leva les yeux vers lui.

— Je pense que oui.

Il sourit et haussa les épaules, lui signifiant qu'il n'était pas concerné par cette décision.

— Je pense que dans ta situation toute certitude est bonne à prendre, non ? s'autorisa-t-il néanmoins à lui conseiller.

— OK, alors, jetons un coup d'œil..., souffla Willow.

8

En voyant Gwyn revenir vers sa voiture après être allé payer le parking, Willow se dit, un peu honteuse, qu'elle aurait dû lui donner sa carte de crédit. Installée sur le siège passager, elle avait été trop obsédée par l'image noir et blanc floue que la praticienne lui avait donnée pour y penser.

Gwyn se glissa derrière le volant.

— Tu vas bien ?

Elle hocha la tête et répondit machinalement :

— Très bien.

C'était ce que l'on était censé répondre à cette question, non ? Gwyn lui prit la photo des mains. Il la tint entre eux de façon qu'elle soit obligée de lever les yeux vers lui.

— Essayons encore une fois : tu vas bien ?

Cette fois, elle prit une longue respiration avant de répondre.

— Honnêtement ? Je suis un peu dépassée.

Gwyn tourna la photo vers lui et l'observa.

— C'est compréhensible. Tu portes un être vivant. C'est assez impressionnant.

Le réel problème, c'est ce qui va advenir une fois que cet être vivant sera hors de moi, songea Willow.

— Je suis désolé qu'elle n'ait pas pu te dire si c'était un garçon ou une fille.

— Au moins, elle a confirmé qu'il n'y en avait qu'un seul.

— Tu craignais d'attendre des jumeaux ?

— Question de génétique.

Avec un sourire, Gwyn lui rendit la photo et reprit la route de Rumbelow. Willow l'observait à la dérobée, fascinée : elle le trouvait furieusement sexy lorsqu'il conduisait. Ce n'était pas la seule raison pour laquelle elle était heureuse de sa présence, même si elle était bien en peine de savoir pourquoi.

Car vivre cette aventure seule ne l'effrayait pas. D'une certaine manière, elle était seule depuis le départ de Rowan, six ans auparavant, et elle s'en était très bien sortie.

Très bien ? N'exagère pas, Will ! se moqua une petite voix intérieure.

Sa vie professionnelle était une réussite éclatante, on la reconnaissait dans la rue et elle gagnait plus d'argent qu'elle n'aurait pu en rêver. Elle avait réussi à mettre des limites à sa relation avec sa mère, en échange d'une généreuse compensation financière, et avait acheté son appartement à Manhattan. Elle était devenue riche et célèbre sans l'aide de personne, sans Rowan, et pourtant, en regardant cette image en noir et blanc de son bébé, elle se demandait si elle n'avait pas perdu quelque chose en chemin ; ou s'il ne lui manquait pas quelque chose.

Quelqu'un avec qui profiter de tout cela, peut-être...

Elle avait des amis, des collègues, des connaissances, et elle était proche de son assistante – de son *ex*-assistante, car celle-ci avait démissionné pour s'occuper de son père malade juste avant que Willow ne découvre sa grossesse. À l'époque, elle avait pensé que c'était une chance, car il aurait été impossible de lui cacher très longtemps son état. Aujourd'hui, Willow se rendait compte qu'elle avait perdu l'un des rares piliers de sa vie. Un pilier qu'elle avait payé chaque mois des années durant...

Ben ne comptait pas, quelle que soit la façon dont elle envisageait les choses. Il l'appelait quand il avait besoin d'être vu avec elle et elle l'appelait quand elle avait besoin d'une partie de jambes en l'air. Cela ne lui posait pas de problème de conscience puisque, à ses propres yeux, ils avaient une relation. Elle n'avait jamais été du genre à faire l'amour avec un homme de passage. De toute façon, cela lui aurait été difficile : son statut de star faisait d'elle une cible pour les gens malintentionnés, et elle était constamment épiée par les paparazzis. Elle pouvait sans doute reprocher pas mal de choses à Ben, mais jamais de ne pas avoir joué franc jeu avec elle.

Enfin, il y avait Rowan. Sa sœur jumelle. La seule personne dont elle savait qu'elle la soutiendrait en toutes circonstances. Alors elle avait couru vers elle, mais l'avait aussitôt envoyée prendre sa place à New York. Alors, elle s'était retrouvée à nouveau livrée à elle-même.

Et puis elle avait rencontré Gwyn.

Celui-ci n'avait manifestement pas envie de se mêler de sa vie, mais il l'avait fait quand même, sans doute par pitié, parce qu'il sentait qu'elle avait besoin de quelqu'un.

Dans quelle mesure ses sentiments grandissants pour lui, ceux qu'elle essayait encore de feindre de ne pas ressentir, avaient-ils pour origine le fait qu'il était la seule personne à la soutenir ? Dans ce cas, peut-être que ce qu'elle ressentait pour lui n'était que de la gratitude boostée par ses hormones, qui l'avaient confondue avec de la concupiscence.

Cela expliquerait beaucoup de choses...

Lorsque Gwyn arrêta la voiture devant son cottage, Willow mit quelques secondes à réaliser qu'ils étaient arrivés.

— Ça va ? demanda Gwyn d'un ton inquiet, les sourcils froncés.

— Oui. Juste fatiguée.

— Alors je te raccompagne à l'intérieur.

Un autre jour, elle aurait pu accepter et lui proposer de rester pour une tasse de thé – par exemple… Aujourd'hui, elle avait besoin d'être seule. Elle le remercia, prit son sac et claqua la portière, ignorant sa confusion évidente.

Elle avait besoin de réfléchir.

Willow réfléchissait tellement que, durant les quelques nuits qui suivirent l'échographie, elle dormit très peu et très mal. Et, lorsqu'elle parvint enfin à sombrer dans un sommeil paisible et réparateur, elle en fut tirée par la sonnerie de son téléphone – à l'aube, constata-t-elle en jetant un coup d'œil brumeux à l'écran. Comme c'était un appel de sa sœur, elle décrocha.

— Rowan, qu'est-ce qui se passe ? marmonna-t-elle, consciente que son accueil était assez peu aimable et chaleureux.

Sa jumelle se lança alors d'une voix précipitée dans un monologue confus, qui n'avait ni queue ni tête jusqu'à ce que le cerveau de Willow sorte de sa torpeur et commence à assembler les pièces du puzzle : « Eli… Ben… dire la vérité… »

Je crains le pire, songea-t-elle, tout à fait réveillée à présent.

— Attends une minute ! Tu couches avec le frère de Ben ? s'exclama-t-elle.

C'était le seul Eli qu'elle connaissait, et cela commençait à ressembler à un désastre…

— Non ! Nous sommes seulement amis ! se récria Rowan.

Willow était certaine que sa sœur lui disait la vérité, mais que tous deux auraient préféré être plus que des « amis ».

Comme Gwyn et toi ?

— Je ne pouvais rien faire alors que j'étais censée être toi, poursuivit Rowan, et que je lui mentais sur mon identité, donc.

— Mais tu avais envie de le faire, n'est-ce pas ? devina Willow. C'est pourquoi tu as senti que tu devais lui dire la vérité. Je peux comprendre cela.

Elle poussa un lourd soupir. Projetait-elle sur sa sœur et Eli ce qu'elle vivait avec Gwyn ? Au moins, contrairement à Rowan, elle n'avait pas à lui mentir sur son identité.

Non, mais tu mens à la famille de Gwyn et à tout le village.

Peut-être que cette idée d'échange de passeports n'était pas si bonne que cela, après tout…

— Tout va bien ? demanda Rowan. Le bébé ? Le cottage ? Ben t'a donné des nouvelles ou pas ? Honnêtement, plus j'entends parler de ce type, plus je pense que tu as eu une bonne idée en te cachant à Rumbelow.

— Même si cela t'oblige à te faire des « amis » sous une fausse identité ? la taquina-t-elle.

Plaisanter à propos de la situation lui semblait la meilleure des stratégies pour ne pas sombrer dans le désespoir.

— Même dans ce cas. Sérieusement, Will, est-ce que tout va bien ?

— Tout va bien, répondit-elle en espérant être convaincante. Il y a juste… des trucs, rien de grave. J'ai passé une échographie et nous avons entendu les battements de cœur du bébé ! Il bougeait un peu, mais pas assez pour qu'on puisse dire si c'est un garçon ou une fille. Il avait les jambes croisées.

— Je veux des photos ! Attends…, reprit Rowan d'un ton intrigué, au point que Willow pouvait presque la voir froncer les sourcils. Tu as dit : « Nous avons entendu… » ?

Bravo, Will ! Erreur de débutante.

— Oui, l'échographiste et moi, se reprit-elle.

Dans le silence qui s'installa, elle sentit que sa jumelle n'était pas entièrement convaincue. Mais qu'aurait-elle pu soupçonner ?

— Très bien, dit finalement Rowan, j'attends les photos.

— Je m'en occupe, promit Willow, soulagée. Si tu parles à Eli, raconte-lui ce que tu veux, mais assure-toi qu'il ne dira pas à Ben où je suis ni dans quel état.

Avant même que sa sœur ne lui réponde, elle sut ce qu'elle allait dire :

— Je vais lui dire la vérité, Will.

Les rôles étaient désormais inversés, au grand désespoir de Gwyn. Il avait évité Willow et, alors qu'il avait finalement pris la décision d'autoriser un rapprochement entre eux, juste un peu, juste pour quelque temps, c'était elle qui l'évitait !

Depuis des jours et des jours, sa frustration de ne pas la voir ne faisait qu'augmenter. Parce qu'il était attiré par elle – comment ne pas être attiré par l'une des plus belles femmes du monde ? – mais pas seulement. Pas *principalement*. En fait, il adorait passer du temps avec elle. Il aimait la façon dont elle haussait ses sourcils parfaitement arqués pour lui poser des questions personnelles, qui l'amenaient à parler de choses qu'il pensait avoir enfouies au fond de lui depuis longtemps. Il n'aimait pas en parler, et pourtant il trouvait libérateur de se confier à quelqu'un d'autre que sa sœur, à quelqu'un qui ne le connaissait pas avant et le découvrait tel qu'il était aujourd'hui, à quelqu'un qui ne le regardait pas avec pitié lorsque le sujet de son passé était abordé.

Willow ne le plaignait pas. Elle faisait preuve de compassion et de compréhension, mais pas de pitié – peut-être parce qu'elle n'avait pas été là pour constater à quel point il s'était effondré.

Quoi qu'il en soit, il voulait plus de sa compagnie, plus d'échanges avec elle, plus de moments partagés. En toute amitié, bien sûr : elle allait bientôt repartir et elle était enceinte d'un autre homme. Même si c'était tentant, et même s'il était certain d'être une meilleure option pour Willow que le père de son enfant, ce n'était pas un imbroglio dans lequel il voulait se retrouver coincé. Il n'avait de toute façon aucun désir de romantisme, encore moins avec quelqu'un qui allait fonder une famille et qui, pour ce faire, avait besoin d'une figure paternelle fiable pour son bébé.

Or Gwyn savait déjà qu'il n'était pas cet homme.

En revanche, il était tout à fait capable de tisser une amitié à court terme, sans engagement ni attente, avec une femme qui en était plus que digne et qui n'attendait rien d'autre de lui.

Qui n'attendait rien *du tout* de lui, d'ailleurs, s'il en croyait la manière dont elle le tenait à distance.

Ce qui le ramenait à son problème initial et à sa frustration.

Il secoua la tête et se leva de son canapé. Il était temps de mettre son plan à exécution. Il saisit son étui de guitare et sortit. Sans s'attarder sur les magnifiques couleurs que le soleil couchant peignait dans le ciel, il commença à descendre la colline en direction du cottage où se terrait Willow Harper.

La soirée folklorique hebdomadaire du Star and Dragon était un excellent prétexte pour aller frapper à la porte de sa voisine. Elle l'avait appréciée, la dernière fois, et quelle meilleure raison de sortir de son isolement que de la bonne musique et d'excellentes lasagnes ?

Pourtant, Willow doucha aussitôt son enthousiasme :

— La soirée folklorique ? Encore ?

— C'était il y a quelques semaines.

Entre moi qui t'ai évitée et maintenant toi qui m'évites... , faillit-il ajouter.

— Oui, je sais. C'est juste que... ça ne t'inquiète pas qu'on nous voie ensemble là-bas une deuxième fois ?

— Pourquoi ça m'inquiéterait ?

Il devinait pourquoi elle lui avait posé cette question, mais il voulait l'entendre de sa bouche. Ne serait-ce que parce que cela lui rappellerait à quel point c'était stupide.

— Parce que les gens pourraient penser que nous sommes... enfin, tu sais, quoi. Ensemble. Et quand je partirai, ou quand on apprendra pour le bébé...

— Depuis quand toi ou moi nous soucions-nous de ce que pensent les gens d'ici ?

— Je ne veux pas retourner à New York et te laisser ici au milieu des ragots.

Quelque chose dans la façon dont elle l'avait dit l'intrigua.

— Tu as l'intention de rentrer bientôt ?

Ne serait-ce pas le comble de l'ironie que, juste au moment où il avait décidé de la laisser entrer comme amie dans sa vie, elle décide de partir ?

— Non. Pas encore. Du moins, je l'espère. Je...

Elle s'interrompit et lui sourit.

— Laisse-moi enfiler mon manteau, je t'en parlerai sur le chemin du pub.

— D'accord, répondit Gwyn en s'efforçant de maîtriser son enthousiasme.

— Alors, Rowan est en train d'avouer la supercherie, là-bas, aux États-Unis ? résuma Gwyn.

Willow, la mine sombre, venait de lui raconter son récent échange téléphonique avec sa sœur.

— On dirait bien... À Eli, en tout cas.

— Est-il susceptible de tout répéter à son frère ?

D'après ce que Willow lui avait dit de son ex, une fois que celui-ci aurait découvert qu'elle était enceinte et se cachait en Cornouailles, on pouvait presque s'attendre à voir atterrir un jet privé sur la plage de Rumbelow !

— Je n'en sais rien, lâcha Willow. Je ne le connais pas assez bien.

Elle était donc dans l'incertitude, attendant de voir si le couperet allait tomber. Ce n'était jamais drôle. Le mieux qu'il pouvait faire était d'essayer de la distraire. Alors il passa le bras sous le sien tandis qu'ils parvenaient en bas de la colline.

— Allez, viens ! lança-t-il avec entrain. Je t'offre un Perrier tranche et des lasagnes pour te changer les idées.

— Avec du pain à l'ail ?

— Avec du pain à l'ail, bien sûr ! s'exclama-t-il en riant.

Trente minutes plus tard, ils dégustaient leurs lasagnes, assis à la table du fond que Gwyn commençait en secret à considérer comme *leur* table. Sean et Kayla étaient sur scène, et Gwyn pensait déjà aux morceaux qu'il pourrait jouer. Il avait écrit une nouvelle chanson, qu'il pensait être prêt à présenter. Il aurait bien aimé avoir l'avis de Willow sur cette création.

— Un autre ? demanda-t-il à Willow en désignant leurs verres vides.

Elle acquiesça. Il se leva et se dirigea vers le bar. À peine avait-il posé le coude sur le comptoir que son rêve patiemment construit d'une soirée idyllique s'effondra.

Il lui fallut une demi-seconde pour comprendre pourquoi la femme qui passait commande lui était familière, une demi-seconde de plus pour se rendre compte qu'elle l'avait vu aussi, et encore une demi-seconde pour réaliser que l'homme à ses côtés devait être celui pour lequel elle l'avait quitté.

— Rachel. C'est... chouette de te voir.

Il se forçait à sourire poliment. Il avait menti : ce n'était pas chouette du tout. Cela ajoutait du sel sur une blessure qui aujourd'hui encore n'avait pas cicatrisé. Cela lui déchirait les entrailles. Non pas parce qu'il était encore amoureux d'elle, mais parce que la voir lui rappelait les raisons pour lesquelles il n'avait jamais tourné la page de son passé. Et donc pourquoi Willow et lui ne pourraient jamais être que des amis.

— Oui, c'est chouette, répondit-elle platement, un faux sourire plaqué sur le visage.

Gwyn tendit la main à l'homme qui accompagnait son ex.

— Je m'appelle Gwyn. Rachel et moi nous connaissons depuis longtemps.

L'homme lui serra la main.

— Mark. J'ai entendu parler de vous. Vous jouez ce soir ?

— Oh ! non, probablement pas.

Toute intention de monter sur scène agonisait sous les décombres de sa soirée idéale.

— Ah bon, tu ne joues pas ? intervint Kayla. Sean m'a dit que tu avais une nouvelle chanson…

Il s'aperçut alors qu'elle et son neveu avaient terminé leur premier passage et l'avaient rejoint au comptoir.

— Elle n'est pas encore prête, mentit Gwyn.

— C'est dommage, j'avais hâte de l'entendre, fit derrière lui une voix qu'il ne connaissait que trop bien.

Dans un effort surhumain, il parvint à ne pas grimacer, mais ferma brièvement les yeux.

— Bonjour, je suis Rowan.

Lorsqu'il rouvrit les yeux, Willow serrait la main de Rachel. Puis elle serra celle de Mark comme s'il s'agissait d'une situation tout à fait normale. Comme si son cœur et son passé n'étaient pas posés sur le comptoir, sur le point d'être frappés à coups de marteau.

Willow avait dû faire le lien entre son passé et la femme en face d'elle puisque Mark avait fait les présentations. Elle se pressa de tout son corps contre son flanc et lui prit la main. Du coin de l'œil, il vit Kayla donner un coup de coude à Sean et regarder avec insistance leurs mains jointes.

On dirait bien que je ne contrôle plus rien…, songea Gwyn. Son cœur manqua un battement lorsque Willow dit :

— Nous avons une table là-bas, si vous voulez vous joindre à nous.

— Merci, répondit Rachel. Mais nous sommes avec des amis.

Elle désigna une table de quatre personnes que Gwyn reconnaissait vaguement. Toutes fixaient avec un intérêt avide la scène qui se jouait au bar, et toutes se détournèrent précipitamment lorsqu'il jeta un coup d'œil vers elles. Gwyn avait l'impression d'être dans une comédie dramatique typiquement anglaise, sans éclats de voix, sans bruit ni fureur, toute en violence feutrée, gêne, honte et malaise. Il mourait d'envie de quitter ce satané pub en courant, mais il ne pouvait pas planter Willow. Il se sentait responsable d'elle.

Voilà ce qu'il récoltait en la laissant entrer dans son cercle proche…

— Je savais qu'elle refuserait, murmura Willow à l'oreille de Gwyn. Je les avais vus entrer et rejoindre leurs amis à la table.

Après un échange atrocement gênant, chacun était retourné s'asseoir à sa place.

Cinq minutes plus tôt, Willow observait Gwyn au bar, admirant la ligne de son corps tandis qu'il attendait, accoudé au comptoir, de passer commande. Elle avait alors vu une jolie brune le saluer et l'homme à ses côtés, le visage fermé, en faire de même. Elle avait spéculé : une ancienne camarade d'école, une fan de sa musique, une amie de la famille… Puis Abigail s'était arrêtée à la table avec Sean et Kayla, qui descendaient tout juste de scène. Elle avait aperçu son frère au bar, avait écarquillé les yeux et avait juré entre ses dents serrées. Aussitôt, elle avait envoyé Sean à la rescousse de son oncle.

— Je n'arrive pas à croire qu'elle ait le culot de revenir ici après tout ce qu'elle a fait, avait soupiré Abigail en se laissant tomber sur la chaise libre de Gwyn.

— C'est Rachel ? avait deviné Willow.

— Il t'en a parlé ? s'était étonnée la mère de Sean. C'est une bonne chose. J'espère que ça signifie qu'il passe enfin à autre chose.

Willow avait alors décidé d'aller soutenir Gwyn. C'était ce qu'une amie était censée faire, non ?

— Tu réalises que Rachel pense que nous sommes ensemble ? chuchota Gwyn en se penchant vers elle.

— Est-ce un problème ? Je n'aurais pas cru que tu te préoccuperais de ce que ton ex désormais mariée pense de ta vie sentimentale.

Il répondit à sa taquinerie par un regard irrité.

— Et moi, j'aurais cru que tu te préoccuperais de savoir ce que tout le monde dans ce village pense de ta vie sentimentale. Les commérages sont un sport national, ici.

Il n'avait pas tort, mais Willow n'était pas prête à admettre qu'elle avait *peut-être* agi trop impulsivement et commis une erreur.

— Je me suis dit que je ferais mieux d'aller te soutenir avant que tu ne te mettes à sangloter dans le pub, bougonna-t-elle. Cette femme t'a tellement brisé le cœur que tu ne t'en es jamais remis, n'est-ce pas ?

Gwyn lui lança un regard incrédule.

— C'est ce que tu as retenu de cette histoire ?

— C'est ce que j'ai retenu de l'attitude de ta sœur dès qu'elle l'a vue près de toi.

— J'en déduis qu'Abigail a envoyé Sean et Kayla pour me sauver...

— C'est vrai. Et moi, je suis venue de ma propre initiative.

Sur son visage, l'irritation avait cédé la place à ce qui paraissait être une sorte de tendresse exaspérée.

— Je ne voulais pas te laisser seul avec elle, dit-elle avec douceur et un sourire timide.

Gwyn tendit la main et la posa sur la sienne, qu'il pressa doucement avant de la relâcher.

— Je te remercie. J'apprécie ton soutien, mais...

Il leva la tête et parcourut le pub du regard. Willow l'imita, et comprit aussitôt où il voulait en venir. Partout où elle posait les yeux, quelqu'un détournait le regard pour ne pas être surpris en train de les observer.

— Tout le monde dans ce pub pense que nous sommes ensemble, maintenant, soupira-t-elle.

Elle ne savait pas trop quoi en penser, mais cela ne la dérangeait pas plus que cela. Toutefois, si les gens étaient persuadés qu'elle couchait avec Gwyn, il était injuste qu'elle ne puisse pas vivre cette expérience.

Will ! Tu as perdu la tête ou quoi ? se sermonna-t-elle en chassant cette pensée parasite et troublante.

— Je suis désolée, reprit-elle. Je voulais vraiment te soutenir. Tu avais l'air...

... cassé, compléta-t-elle silencieusement. Et l'espace d'un instant elle s'était demandé si après tout elle ne pourrait pas être la personne capable de le réparer.

— Je comprends que tu ne veuilles pas que la rumeur te mette dans le lit de Rowan. Ou le mien, d'ailleurs.

Gwyn éclata de rire.

— Tu plaisantes ? Tu crois vraiment qu'il y a un hétéro sur cette planète qui ne serait pas flatté d'être le héros d'une telle rumeur ?

Willow baissa les yeux. Elle avait l'horrible impression que Gwyn venait de résumer pourquoi Ben était avec elle :

par vanité, parce que cela flattait son ego de mâle dominant. Valait-elle mieux ? Elle n'était pas amoureuse de Ben, alors pourquoi était-elle restée avec lui ? Parce que c'était *pratique* ?

Mon Dieu, comment ai-je pu me mettre dans un tel pétrin ?

Deux doigts se posèrent sous son menton pour lui faire relever les yeux et croiser à nouveau le regard de Gwyn.

— Ce n'est pas pour cela que je suis ici avec toi. Tu le sais, n'est-ce pas ?

Elle se sentait soudain étrangement vulnérable sous l'intensité de son regard.

— Pourquoi, alors ?

Il hésita une seconde, et elle regretta instantanément d'avoir posé cette question.

— Je suis ici avec toi parce qu'il m'est impossible de… de rester loin de toi, admit-il.

Willow le fixa, puis détourna le regard pour rassembler ses pensées avant de répondre. Car la vérité était qu'elle ne pouvait pas non plus rester loin de lui ; si elle l'avait pu, elle aurait dit non lorsqu'il s'était présenté pour l'inviter au pub. Elle l'aurait laissé seul au bar avec son ex. Elle ne l'aurait pas invité à son échographie.

— J'ai reçu un autre message de Rowan pendant que tu étais au bar. Elle me disait de ne pas faire de recherches en ligne sur Ben.

Sa sœur l'avait également informée qu'elle avait dit à Eli, le frère de Ben, la vérité sur son identité et la raison de sa présence, mais qu'Eli avait promis de garder leur secret – pour l'instant.

— Alors tu t'es ruée sur Internet ? devina Gwyn.

— Bien sûr. Pas longtemps, parce que ta sœur est arrivée à ce moment-là, mais assez longtemps pour voir Ben sur un yacht avec une jeune femme en bikini. Un tout petit bikini, je t'assure. Je n'ai pas l'impression de lui manquer beaucoup…

— Je suis désolé. Ça doit faire mal, dit-il, l'air sincèrement navré.

— Non, ça ne fait pas mal du tout, en fait. Une preuve supplémentaire que nous ne sommes pas faits l'un pour l'autre. Mais ça ne facilite pas les choses, soupira-t-elle. Ben est comme un enfant : il a besoin qu'on le regarde, qu'on l'admire, qu'on parle de lui. Exactement la raison pour laquelle il sortait avec moi. Et ce n'est pas la vie que je veux pour mon enfant.

— Tu te demandes si tu dois lui parler du bébé ?

Il n'y avait aucun jugement dans la voix de Gwyn, même si elle savait qu'il devait avoir un point de vue bien arrêté sur le sujet, étant donné ce qu'il avait vécu avec Rachel.

— Non. De toute façon, même si je ne voulais rien lui dire, ce qui n'est pas le cas, son frère est au courant, maintenant. Et il ne va pas garder ce secret pour toujours. Ce ne serait d'ailleurs pas juste de le lui demander.

— Alors, qu'est-ce qui a changé ? demanda Gwyn. Tu m'as dit dès le départ que tu ne pensais pas élever ce bébé avec son père. En quoi la situation est-elle différente ?

C'était une bonne question, qu'elle soupesa un instant avant de répondre :

— La certitude, je suppose. Peut-être qu'une partie de moi espérait qu'il pourrait changer, grandir, retenir la leçon de ses erreurs, réaliser que j'étais plus importante que n'importe quelle bimbo en bikini. Alors, j'aurais pu me rendre compte que je l'aimais malgré tout, et que nous pourrions vivre heureux jusqu'à la fin des temps.

— Mais cela n'est pas arrivé.

Elle lui sourit. Gwyn se rendait-il compte que, si elle avait aujourd'hui la certitude que Ben n'était pas l'homme qu'il lui fallait, il en était en grande partie responsable ?

— Non. Et c'est toi qui es arrivé.

9

— Je... moi ? bredouilla Gwyn, interloqué par le tour que prenait la conversation.

Il n'était pas certain de comprendre où elle voulait en venir, mais il pressentait que c'était important. Alors il allait l'écouter attentivement, sans se risquer à de dangereuses suppositions.

— Je n'ai pas... Qu'est-ce que j'ai à voir là-dedans ?

Le sourire de Willow était doux. Elle était penchée vers lui au-dessus de la table, ses cheveux en cascade dorée autour de son délicat visage. Comment blâmer les clients du pub qui les croyaient en rendez-vous galant ? songea-t-il. Lui-même commençait à avoir des doutes...

— Tu m'as trouvé une sage-femme, tu as pris rendez-vous pour moi et m'y as conduite, ainsi qu'à mon échographie, où tu m'as tenu la main quand j'étais nerveuse. Tu m'as tenue dans tes bras lorsque j'étais accablée. Tu as partagé ton passé avec moi, même quand c'était difficile. Tu m'as amenée ici pour m'aider à connaître le village. Tu m'as même permis de me joindre à ta famille pour le dîner du dimanche et de faire la connaissance de ta sœur et de ton neveu.

Cette énumération lui fit comprendre qu'il avait sans doute laissé Willow Harper entrer dans sa vie bien plus qu'il n'en avait conscience.

— Tu sais, poursuivit-elle, Ben ne m'a jamais présenté Eli, son frère, que Rowan a rencontré dès son premier jour à New York. Il ne m'a jamais laissée entrer dans sa vie, et je ne l'ai réalisé qu'ici, à Rumbelow. Avec toi, les choses sont si… différentes.

Bon sang ! Commençait-elle à se faire des idées ? S'imaginait-elle qu'il allait prendre la place de ce Ben et l'aider à élever son enfant ? Devrait-il mettre les points sur les *i* et lui expliquer que, s'il s'était laissé approcher d'aussi près, c'était avec la certitude qu'elle allait bientôt partir.

Même si la perspective de son absence, de ne jamais la voir devenir mère, avait commencé à lui causer une douleur constante au centre de la poitrine.

— Willow, je…

Elle leva la main pour le faire taire.

— Je ne te demande rien, Gwyn, ne t'inquiète pas. J'ai conscience de la situation : je suis enceinte, je vais devenir énorme au cours des prochains mois et nous savons tous les deux que je pars bientôt. Ça ne fait pas vraiment envie, si ? conclut-elle d'un ton désabusé, presque amer.

Il acquiesça, s'efforçant de se concentrer sur ses paroles et non sur l'image qui s'était formée dans son esprit d'une Willow au ventre arrondi en train de lui sourire en tendant la main vers lui.

— Je dis simplement qu'en tant qu'ami tu m'as montré ce que je suis en droit d'attendre d'un partenaire. Et je sais désormais avec certitude que Ben ne sera jamais à la hauteur.

— Bien !

Le mot était sorti comme une sorte de demi-grognement féroce qui le surprit lui-même. L'idée que Willow puisse retourner auprès de Ben mettait le feu à quelque chose en lui, même s'il n'était pas prêt à nommer cette sensation pour l'instant.

— Il ne te mérite pas, ajouta-t-il.

Lui non plus ne la méritait pas, mais ce n'était pas la question. Willow n'avait pas *besoin* d'un homme à ses côtés. Et si elle choisissait d'avoir quelqu'un à ses côtés cette personne devrait se montrer reconnaissante d'avoir été élue.

— Je pense que lui comme moi méritons plus, dit Willow avec diplomatie. Nous ne sommes pas amoureux l'un de l'autre, et je pense que... que je dois donner tout mon amour à mon enfant à partir de maintenant. Parce que s'il n'a qu'un seul parent je dois être la meilleure mère possible. Faire mieux que la mienne, en tout cas.

— On dirait que tu as décidé de la marche à suivre...

Gwyn but une gorgée de sa pinte pour cacher son désarroi. Si elle avait choisi sa voie, elle partirait bientôt. Sa présence allait lui manquer, mais il tenait déjà assez à elle pour vouloir qu'elle parte si elle pensait que c'était la meilleure solution.

— J'ai encore besoin de préciser les choses dans mon esprit, mais le fait d'être ici et de me vider la tête m'a beaucoup aidée à y voir plus clair.

— Je vais retrouver mon ancienne voisine, qui est beaucoup moins sociable. Pas sociable du tout, même, pour dire la vérité. À se demander si elle connaît mon prénom !

Sa boutade la fit rire, ce qui était son intention, mais l'expression de Willow devint rapidement pensive.

— Tu ne vas pas retrouver tout de suite ta voisine misanthrope, rassure-toi. Je n'en ai pas encore fini avec Rumbelow et tout ce que cet endroit a à offrir.

À ces mots, l'énergie de la soirée changea du tout au tout. Gwyn n'aurait su dire exactement en quoi, mais Sean et Kayla, de retour sur scène, entamaient une chanson à la mélodie sensuelle, c'était comme si l'éclairage tamisé du pub provenait de bougies aux flammes dansantes, l'air semblait vibrer de chaleur – la même chaleur qui faisait luire le regard de Willow et embrasait son propre corps, en particulier sous la ceinture.

Il but une nouvelle gorgée de bière, dans l'espoir de faire descendre sa température.

— Et… tu as des projets pour le reste de ton séjour ? demanda-t-il en reposant son verre.

La pointe de vulnérabilité qui apparut dans son regard azur lui donna aussitôt envie de la rassurer.

— Cela dépend beaucoup de toi.

Ne pouvait-elle pas cesser de tourner autour du pot ? Ne devinait-elle pas qu'elle le tenait sous son emprise presque depuis son arrivée au village ?

Non, comprit-il soudain en se souvenant de ce qu'elle lui avait dit quelques minutes auparavant. Non, elle l'ignorait. Cette femme que beaucoup considéraient comme la plus belle du monde n'était pas sûre qu'il la désire.

Il lui attrapa la main et, du pouce, en caressa le dos tout en la regardant droit dans les yeux.

— J'aurais dû te corriger au moment où tu as dit que tu ne faisais « pas vraiment envie ». Je ne cherche pas de relation, tu le sais, mais comment peux-tu penser que tu ne m'attires pas ? Willow, enceinte ou pas, tu es la plus belle femme que j'ai jamais vue dans la vraie vie. Mais ce n'est pas pour ça que je te désire autant.

Elle écarquilla les yeux, l'air abasourdi.

— Pourquoi, alors… ?

— Parce que tu es… tu es toi. Entière, forte, drôle, fragile aussi. Parce que tu essayes de faire les choses bien pour ton bébé. Parce que tu écoutes les gens. Parce que tu dégages une énergie irrésistible. Et parce que… quand je suis près de toi, chaque centimètre de mon corps meurt d'envie de toucher chaque centimètre du tien.

Elle soutint son regard pendant un long, très long moment. Puis elle se leva d'un bond gracile.

— Partons d'ici.

Dehors, la nuit était sombre et un vent glacial soufflait de la mer, suffisamment froid pour que Willow hésite et se demande ce qu'elle était en train de faire, entraînant Gwyn derrière elle sur la colline en direction de son cottage. Mais pas assez froid pour qu'elle s'arrête.

Lorsque Gwyn se rendit compte qu'il avait oublié sa guitare et qu'il devait retourner la chercher, elle prit cela comme un signe positif – le signe qu'il était aussi surpris qu'elle par ce qui leur arrivait. Elle sentait le désir pulser dans ses veines comme jamais auparavant, et certainement comme jamais avec Ben.

Ne pense pas à lui, ce soir.

En fait, il n'était pas question de réfléchir. Juste de ressentir. D'être elle-même plutôt qu'une future mère. D'oublier toutes les raisons qu'elle avait de ne pas faire ce qu'elle s'apprêtait à faire. De s'accorder un dernier plaisir égoïste, avant que sa vie entière ne change et qu'elle ne doive s'adapter à l'idée de toujours faire passer avant les siens les besoins de quelqu'un d'autre.

Durant le trajet, ils n'échangèrent pas un mot, seulement de temps en temps un regard ou un sourire complices. Ils couraient presque. Willow ouvrit le petit portail en bois, puis inséra la clé dans la porte d'entrée du cottage. Elle se retourna. Gwyn ne l'avait pas suivie. Il se tenait à l'extérieur de la barrière.

— Tu es sûre de toi ?

Willow apprécia qu'il ne fasse pas semblant de ne pas savoir pourquoi ils étaient là, apprécia sa prévenance.

— Profitons du temps qu'il me reste ici. Avant que tout ne change.

Il la rejoignit en deux enjambées décidées.

Il avait à peine déposé sa guitare près de la porte d'entrée que déjà Willow lui enlevait sa veste. Puis, avant de se laisser la possibilité de changer d'avis, elle l'embrassa fougueusement.

Gwyn enroula ses bras puissants autour de sa taille, l'attirant contre lui. La chaleur qui s'était accumulée entre eux toute la soirée, et depuis leur chaste étreinte sur le parking du cabinet médical, et depuis le jour de leur rencontre, explosa en une supernova. Willow frissonnait des pieds à la tête. Chacune de ses terminaisons nerveuses crépitait. Il avait une main dans ses cheveux et l'autre dans le creux de son dos pour la plaquer contre lui. Elle ressentait tout avec une acuité décuplée, une sensibilité exacerbée, de l'érection déployée contre son ventre à l'avidité de ses lèvres, de la douceur de sa langue à l'odeur boisée de sa peau.

— Chambre à coucher ? murmura-t-elle près de son oreille.

Il acquiesça. Ils s'y rendirent comme en dansant une danse saccadée aux mouvements heurtés et désordonnés, la danse des amants qui se débarrassent de leurs vêtements tout en continuant à s'embrasser.

Parvenue au bord du lit, Willow se laissa tomber à la renverse sur le dos, jambes pendantes. Aussitôt, le grand corps viril et musclé de Gwyn se pencha au-dessus d'elle. Il lui embrassa les lèvres, puis le cou, lui mordilla le lobe de l'oreille. Willow ferma les yeux. Entre ses jambes, un désir violent pulsait. La bouche de son amant se referma sur l'un de ses seins. Il le titilla, en aspira la pointe durcie, le lécha, puis recommença avec l'autre. Ses mains lui caressaient le corps avec une délicatesse inouïe. La bouche de Gwyn descendit, descendit, jusqu'à ce qu'il s'agenouille au pied du lit.

Oh ! mon Dieu…

Il posa les jambes de Willow sur ses épaules et entreprit de lui lécher l'intérieur des cuisses. C'était une exquise torture, qui devint presque insupportable lorsque Gwyn se mit à jouer avec son clitoris. De puissantes vagues de plaisir l'emportaient de plus en plus haut, de plus en plus loin du rivage, au large. Soudain, tout son corps se raidit, s'arqua, et tout son être explosa dans une gerbe d'étincelles et un grand cri.

Les yeux fermés, vibrante d'un violent vertige, elle devina que Gwyn s'allongeait à côté d'elle.

— Ça va bien ? murmura-t-il contre ses lèvres.

— Plus que bien, haleta Willow.

— Dans ce cas…

Il la remonta sur le lit afin qu'elle soit complètement allongée, puis se positionna entre ses jambes, un bras tendu de chaque côté de sa tête.

— Attends ! ordonna-t-elle. Je veux te toucher.

Elle avait confusément aperçu son impressionnante érection mais, lorsqu'elle la prit en main et se rendit compte que ses doigts n'en faisaient pas le tour, un mélange d'appréhension et de folle excitation la traversa. Mais elle était prête à l'accueillir. Elle en mourait d'envie. Si elle basculait le bassin en avant…

— Précautions… ? murmura-t-elle en continuant à le masturber lentement. Avons-nous besoin de quelque chose ?

Il secoua négativement la tête tout en poussant un gémissement rauque qui lui donna la chair de poule.

— Fais-moi confiance, souffla-t-il.

C'était le cas. Entièrement. Et elle savait que Gwyn ne la trahirait jamais.

D'une longue poussée, il joignit leurs corps. La sensation d'avoir toute sa longueur en elle était incroyable. Une fusion. Elle ondula des hanches, frottant son clitoris contre le pubis de son amant. Celui-ci entama de lents et profonds va-et-vient. Elle accompagnait d'instinct ses mouvements, comme si leurs corps se connaissaient déjà. Leur rythme s'accorda. Willow avait fermé les yeux. Elle s'abandonnait complètement. Elle avait la sensation de retrouver une partie d'elle-même perdue depuis trop longtemps.

J'avais tellement besoin de ça ! songea-t-elle, l'esprit peu à peu envahi par un brouillard sensuel.

Leur divin corps-à-corps menaçait de la rendre folle. Ses mains couraient sur le corps tendu de Gwyn. Elle le fit tomber sur elle puis rouler sur le lit. Elle se positionna au-dessus de lui. Il lui attrapa les hanches. Elle bougeait d'avant en arrière, de haut en bas, imprimait des mouvements de rotation à son bassin, et le plaisir montait, montait. Elle le vit flouter le regard de Gwyn, dont les poussées sublimaient leur ballet.

L'orgasme, dévastateur, la prit par surprise. Les secousses la ravagèrent jusqu'au fond de l'âme, les doigts agrippés aux cuisses de son si parfait amant, tandis qu'un long cri venu du fond des âges s'échappait de sa gorge. Lui fit écho celui de Gwyn, qui jouit en longs spasmes brûlants.

Seigneur ! C'était tellement excitant !

— Nous aurions vraiment dû le faire avant, murmura-t-elle un peu plus tard, leurs corps alanguis encore frissonnants de plaisir.

— Nous allons rattraper le temps perdu, crois-moi !

Gwyn cligna des yeux. Le soleil matinal entrait par une fenêtre inconnue. Il se rendit alors compte qu'il n'était pas seul dans ce lit lui aussi inconnu. Alors, les événements de la soirée lui revinrent.

Il sourit.

Un vrai sourire, purement heureux et satisfait.

Quand avait-il souri pour la dernière fois ? Il ne s'en souvenait pas.

Il déposa un baiser sur le sommet de la tête blonde qui reposait sur son épaule et envisagea de réveiller Willow. Mais elle avait l'air si paisible, endormie dans ses bras, qu'il ne put s'y résoudre.

Au lieu de cela, il s'interrogea sur lui-même, à la recherche de regrets, d'anxiété, de toutes les émotions négatives qu'il aurait éprouvées s'il s'était laissé aller à se rapprocher un tant soit peu de quelqu'un comme il s'était rapproché de Willow.

Il ne trouva rien qui soit susceptible de faire disparaître son sourire heureux et satisfait.

C'est parce que je sais qu'elle va bientôt partir, conclut-il. Son inévitable et prochain retour à New York maintenait ses angoisses à distance. Cela signifiait qu'il pouvait profiter de la situation tant que Willow était là ; ensuite, il retrouverait sa petite vie et ses habitudes.

Bon sang ! En avait-il seulement envie ? Au moment où ce nuage noir obscurcissait son ciel intérieur jusqu'ici bleu azur, Willow s'agita. Elle ouvrit les yeux et les leva vers lui. Elle lui offrit alors un sourire radieux qui illumina son visage d'ange. Puis elle se mordit la lèvre.

— Devons-nous parler de ce qui s'est passé ? demanda-t-elle, la voix enrouée par le sommeil.

Gwyn secoua la tête.

— Non. Nous devons seulement en profiter tant que c'est possible.

Lorsqu'ils finirent par sortir du lit, Gwyn s'affaira dans la cuisine de Rowan afin de leur préparer un brunch.

Une fois les toasts enfournés sous le gril, il jeta un coup d'œil à Willow. Assise à la table de la cuisine, un mug de déca posé devant elle, elle consultait ses messages. C'était étrange d'être dans le cottage de Rowan avec une femme qui ressemblait autant à Rowan, mais qui n'était pas elle. Et étrange de constater qu'il n'avait jamais ressenti pour Rowan ce qu'il ressentait pour Willow.

Mais à quoi bon se pencher sur ces sentiments alors qu'elle allait bientôt repartir ? Il ne verrait pas son ventre s'arrondir vraiment, il ne la verrait pas rayonner un peu plus chaque jour.

Reviendrait-elle à Rumbelow après la naissance du bébé ? Peut-être pas pour lui rendre visite, mais au moins pour voir sa sœur. Il n'en était pas certain, mais il était possible qu'il ait envie de rencontrer ce bébé, auquel il était désormais lié d'une certaine manière puisqu'il avait pris soin de lui au travers de Willow.

— Gwyn ? Je crois que les toasts sont en train de brûler…

Willow était à côté de lui. Il l'arrêta dans son mouvement tandis qu'elle tendait la main vers le four et enfila les maniques. Il ouvrit le four et sauva les toasts de la carbonisation.

— Désolé, j'étais perdu dans mes pensées.

— Tu revivais la nuit dernière ? hasarda Willow avec un sourire.

— Quelque chose comme ça…

Il ne pouvait tout de même pas lui avouer qu'il avait peur qu'elle ne lui manque avant même d'être partie. Et que, même si par miracle elle restait, il ne pouvait pas se permettre de ressentir ce qu'il ressentait pour elle. Il avait déjà causé trop de dégâts autour de lui, et il serait définitivement un homme au cœur brisé si quelque chose arrivait sous sa responsabilité à Willow et au bébé ; ou bien à Abigail ou Sean pendant qu'il prenait soin de Willow et du bébé.

Il connaissait ses limites, et il les avait atteintes. Il les avait même déjà dépassées rien qu'en s'engageant *amicalement* auprès de Willow.

S'il se laissait aller à l'amour...

— Petit déjeuner !

La voix enjouée de Willow coupa net le fil de ses pensées. Il déposa l'assiette de Willow devant elle, puis l'observa manger avec appétit.

— Que comptes-tu faire aujourd'hui ? demanda-t-elle entre deux bouchées. Non pas que je suggère que tu doives rester et faire des choses avec moi, ce n'est pas ce que je voulais dire. Il n'y a aucune obligation passé la porte de la chambre... enfin, euh... aucune obligation du tout, d'ailleurs, mais...

Constatant que, de plus en plus gênée, elle s'empêtrait dans ses justifications, Gwyn décida de mettre fin à ses souffrances.

— Aujourd'hui je pense que nous devrions passer la journée ici, de préférence au lit. Mais demain c'est la fête du village. La foire de mai, quelque chose dans le genre. Nous pourrons y aller, si tu veux.

— Ensemble ?

Il fronça les sourcils. Ils n'avaient en effet pas évoqué le sujet de leurs apparitions publiques...

— En tant qu'amis, précisa-t-il.

— Des amis dont tout le village pense déjà qu'ils couchent ensemble, répliqua-t-elle, malicieuse. Ça marche pour moi.

10

La fête du village avait envahi la moindre ruelle de Rumbelow, dont tout le centre était en ce jour fermé à la circulation. Il y avait des guirlandes, un petit manège, des stands d'artisanat local et une fanfare sur la place du village. Même la plage était contaminée : des membres du club nautique proposaient de petits tours en bateau, des pêcheurs vendaient des fruits de mer et un grand concours de châteaux de sable battait son plein.

C'était parfait, se dit Willow. Elle essaya d'imaginer ce que cela devait être pour un enfant de grandir dans cet endroit et en conclut que l'on devait se sentir bien seul en hiver, quand tous les touristes étaient partis.

Une nouvelle fois son téléphone bourdonna dans sa poche et une nouvelle fois elle l'ignora. Gwyn marchait suffisamment près d'elle pour avoir perçu la vibration ; il jeta un coup d'œil à sa poche, mais ne dit rien. C'était étrange de ne pas pouvoir le toucher après avoir été si intime avec lui. Cependant, elle comprenait : bientôt, Rowan reviendrait ici, et elle ne voulait pas que le village suppose que sa sœur couchait avec Gwyn.

Son téléphone bourdonna à nouveau.

— Tu ne réponds pas ? demanda Gwyn d'un ton léger.

Willow secoua la tête.

— C'est pour Rowan.

— Comment peux-tu le savoir ? Et pourquoi recevrais-tu des messages pour elle ?

Avec un soupir, Willow lui résuma la situation : Rowan avait créé une robe pour quelqu'un qui l'avait portée lors d'un important événement mondain new-yorkais. Une fois que l'on avait su qui avait dessiné cette robe, tout le monde en avait voulu une. Or, comme Rowan se faisait passer pour elle, les demandes affluaient sur ses différentes messageries. Elle les transmettait à sa sœur, qui apparemment les ignorait.

— Allez, viens, lança-t-elle en prenant le bras de Gwyn. Je ne veux rien manquer de cette fête !

Ils flânèrent joyeusement, s'arrêtèrent devant de nombreux stands, burent un café et achetèrent de délicieux gâteaux à une gentille vieille dame qui avait dressé son étal près de l'église. Willow avait presque l'impression que tout cela était *réel,* qu'ils étaient vraiment un couple heureux, attendant son premier bébé, en route vers le dénouement classique : « Ils vécurent heureux et eurent beaucoup d'enfants. »

Tandis que Gwyn s'éloignait pour aller leur acheter des glaces, elle s'assit sur le muret en pierre qui séparait la plage du village. Elle le vit saluer une connaissance. *Ici, la vie de Gwyn est réelle,* songea-t-elle, gagnée par de sombres pensées. *Contrairement à la tienne.* Elle était une usurpatrice, enceinte d'un autre homme, et rien de tout cela ne pourrait devenir son avenir. Celui-ci se situait à des milliers de kilomètres de Rumbelow, dans la ville qui ne dormait jamais, et seule.

Après tout, voulait-elle vraiment de ce fantasme, dont elle avait un avant-goût en ce moment même, d'une vie à deux parfaite, idyllique, comme au cinéma ? C'était ce que toutes les femmes étaient conditionnées à vouloir, n'est-ce pas ? Le partenaire idéal, la famille, le grand mariage, le happy end.

Son séjour à Rumbelow et sa rencontre avec Gwyn lui

permettaient d'avoir les idées plus claires par rapport à ses propres attentes. Ainsi, elle ne voulait pas que devenir mère ou se marier entraîne le renoncement à ses objectifs professionnels. Elle ne voulait pas non plus trouver à tout prix un compagnon ; elle préférait être seule que mal accompagnée, être heureuse à deux avec son enfant que malheureuse en famille – comme elle l'aurait été si elle en avait fondé une avec Ben. Et, si elle devait laisser entrer un homme dans sa vie, il devrait posséder quelques caractéristiques indispensables : être un amant merveilleux, l'encourager dans ses ambitions, lui tenir la main à l'hôpital, l'intégrer à sa vie familiale et amicale, l'écouter, être ouvert au dialogue, faire la queue pour lui acheter une glace…

Oui, bon, cela esquissait le portrait de quelqu'un qu'elle connaissait, mais ce quelqu'un avait été très clair sur ce qu'il pourrait lui donner, à savoir rien sur le long terme. Et sur le court terme elle le vit, en tournant la tête, qui revenait vers elle avec leurs glaces.

Lorsque Willow leva la main pour le saluer, quelque chose attira son attention.

Un téléphone, levé et pointé sur elle.

Quelqu'un la prenait en photo !

Gwyn aperçut du coin de l'œil le type d'une vingtaine d'années qui, téléphone en main, s'approchait de Willow. Il pressa le pas autant que le lui permettaient le sable mou et les glaces dans ses mains.

— Vous êtes Willow Harper, n'est-ce pas ? J'ai une photo de vous, c'est dingue ! On peut faire un selfie ?

— Vous vous trompez. Je suis Rowan Harper. Willow est ma sœur jumelle. J'apprécierais que vous respectiez ma vie privée.

Le sourire de l'homme s'élargit.

— Rowan Harper ? La disparue ? C'est encore mieux !

Voilà pourquoi Rowan était restée si longtemps à Rumbelow, songea Gwyn, et n'était partie à New York que sous la contrainte et en se faisant passer pour Willow. Ici, elle bénéficiait de la protection de la communauté. Certes, tous savaient qui elle était, mais ils respectaient sa vie privée et personne ne faisait grand cas de son passé. Elle avait tendance à éviter les événements publics comme la foire de mai, et il comprenait pourquoi, à présent.

Il se plaça entre l'importun et Willow, à qui il tendit une glace :

— Voilà, mon cœur. Nous ferions mieux d'y aller maintenant, si nous voulons arriver à temps à... à ce truc.

Il l'aida à descendre du muret et ils s'éloignèrent.

— Eh bien, il s'en est fallu de peu, murmura Gwyn.

— Nous savions que ce n'était qu'une question de temps.

Elle avait le regard rivé sur l'horizon. Regardait-elle en direction de New York ?

Non ! Pas déjà. Je ne suis pas prêt.

— Viens, je te ramène chez toi, proposa-t-il d'une voix pressante.

Elle se tourna vers lui avec un sourire.

— D'accord.

Gwyn sut alors qu'il lui avait fait oublier ce qui se profilait à l'horizon et l'avait ramenée à Rumbelow avec lui.

Et il comptait bien en profiter tant que cela durerait.

Lorsque Willow se réveilla, Gwyn dormait profondément à côté d'elle. Elle se glissa hors du lit avec mille précautions et sortit de la chambre, dont elle referma doucement la porte derrière elle.

Elle gagna la cuisine, où l'horloge du four lui indiqua que

l'après-midi était entamé. Elle sourit. Depuis qu'ils avaient précipitamment quitté le village et sa fête, la veille, ils avaient alterné les (courtes) périodes de sommeil et les (longues) périodes de sensualité, d'érotisme, de sexe sauvage ou tendre. Quelques heures plus tôt, ils s'étaient réveillés pour prendre le petit déjeuner au lit, ce qui les avait conduits à se câliner, puis de fil en aiguille à tester d'audacieuses caresses, puis une non moins audacieuse position qui avait donné à Willow un orgasme stratosphérique. Elle s'était ensuite occupée du plaisir de Gwyn, qui, à en croire ses gémissements et encouragements, avait apprécié l'attention.

Après le malheureux incident de la photo volée, ils avaient décidé de ne pas descendre au village avant la fin du long week-end et le départ des touristes. Peut-être le soir même quitteraient-ils le cottage de Rowan pour la maison de Gwyn – tant qu'elle était dans ses bras, Willow savait qu'elle dormirait bien n'importe où.

Soudain, son téléphone se mit à bourdonner sur le comptoir de la cuisine. Encore des messages pour Rowan, supposa-t-elle. Elle se saisit de l'appareil dans l'intention de le désactiver, mais elle se figea, le cœur soudain glacé, en découvrant les notifications affichées sur l'écran d'accueil.

Il y avait huit messages vocaux de Ben.

Huit.

Donc ce n'était pas pour faire coucou, pour prendre ou donner des nouvelles, ni même pour présenter ses excuses et essayer de renouer le lien. Non, il s'agissait d'un problème. Et huit messages présageaient même un *gros* problème…

Qu'elle ne pouvait pas ignorer.

Elle se résolut à écouter le premier. Aussitôt après, elle essaya d'appeler Rowan. Sans succès. Elle écouta alors les sept autres messages. Prise de vertiges, horrifiée, elle n'en perçut que des bribes, mais c'était suffisant : « Je sais tout... Tu pensais pouvoir te cacher ?... Tu me prends pour un idiot ?... Je sais, je sais, je sais, alors arrête ton petit jeu... »

C'était surtout la rage qui transparaissait dans la voix de Ben qui était effrayante. Elle avait l'impression que la main d'un géant lui broyait la poitrine. Elle supprima les messages.

Le téléphone se remit à vibrer dans sa main.

Rowan !

Elle répondit à l'appel vidéo.

— Rowan ? Qu'est-ce qui se passe ? J'ai huit messages de Ben, qui me dit qu'il sait tout et...

— Il ne sait pas pour le bébé, coupa Rowan. Il sait seulement que je ne suis pas toi.

Comment ? Eli l'avait-il dit à son frère ? Non, Rowan avait dit qu'il ne le ferait pas. La photo du jeune touriste avait-elle déjà été diffusée sur Internet ? Mais il l'avait crue quand elle avait dit qu'elle était Rowan, elle en était sûre.

Sa sœur lui détailla le déroulement de sa matinée. Willow essaya de ne pas rire. Elle était heureuse de ne pas avoir à parler de Ben pour le moment et d'écouter les mésaventures de sa jumelle ; c'était bien plus amusant.

— Attends une minute ! s'exclama Willow. Eli était presque nu et toi aussi quand Ben est entré ? Oh ! mon Dieu ! Qu'est-ce qui se passe entre vous deux ? Une histoire d'un soir ou quelque chose de plus... ?

Rowan avait rougi sous le feu de ses questions. Willow se doutait que ce n'était pas une histoire d'un soir – pas du tout le genre de sa sœur. Elle sourit. Elle savait que c'était une bonne idée d'envoyer sa jumelle à New York.

— À quoi bon ? Je suis en train de faire mes valises pour rentrer à Rumbelow. Donc qu'importe comment je qualifie cette histoire, elle s'est déroulée à New York et elle y restera.

— Pas question de t'en tirer comme ça : je veux tout savoir !

— Je ne sais pas par où commencer, marmonna Rowan.

— Par le début.

Willow s'installa à la table de la cuisine. Elle espérait que sa sœur n'avait pas remarqué qu'elle portait le T-shirt de Gwyn, mais celle-ci était lancée dans son histoire et semblait ne jamais devoir s'arrêter de parler. Cela la changeait d'être celle qui écoutait les folles aventures de Rowan. D'habitude, c'était l'inverse.

— Voilà qui ressemble à un parfait conte de fées, affirma Willow lorsque sa sœur eut terminé. Jusqu'à l'arrivée de mon ex, bien sûr… Mais c'est mon problème, pas le tien. Alors pourquoi n'es-tu pas heureuse ? Pourquoi, des étoiles plein les yeux, ne crées-tu pas des robes pour des célébrités tout en vivant ta meilleure vie avec Eli ?

Elle n'aurait pas pu prévoir une telle issue lorsqu'elle avait forcé la main de sa sœur pour qu'elle parte à New York, mais elle avait espéré que quelque chose se passerait. Ce « quelque chose » avait dépassé ses attentes les plus folles. Et c'était heureux, car sa sœur méritait de s'amuser un peu.

— Quand je suis venue ici, c'était pour jouer ton rôle. Alors j'ai vécu comme si j'étais toi, du mieux que j'ai pu. J'ai pris des risques et j'ai accepté d'être dans la lumière, ce que je n'avais pas fait depuis que je vous ai abandonnées, toi et maman. Et je sais… je sais que me faire sortir de ma zone de confort faisait probablement partie de tes objectifs quand tu es venue me trouver chez moi.

— Je ne vois pas de quoi tu parles, mentit Willow. Mais continue.

— Ces dernières semaines ici, à New York, je n'avais pas l'impression d'être dans la vraie vie. Ma vraie vie est là-bas, à Rumbelow. La personne que j'ai été ici, je ne suis pas sûre qu'elle soit réelle. Mon cottage, mon village, mes voisins me manquent. Et la personne que je suis là-bas me manque aussi un peu.

Willow connaissait bien ce sentiment. Ce séjour en Cornouailles ressemblait à des vacances, une échappatoire à la réalité. Mais elle savait qu'elle devrait tôt ou tard rentrer à Manhattan et retrouver sa « vraie vie ».

Toutefois, elle avait le sentiment qu'il se passait quelque chose de plus pour Rowan. Elle décida donc de vérifier sa théorie en bousculant sa sœur :

— Alors, rentre. Laisse Eli derrière toi comme un bon souvenir. Une aventure de vacances.

— Je le ferais. Mais...

— Mais tu es amoureuse de lui ! s'exclama Willow, triomphante.

Les yeux de Rowan s'écarquillèrent, son visage devint blanc comme de la craie. Elle ouvrit et ferma la bouche plusieurs fois avant de pousser un long soupir.

— Mon Dieu ! je suis amoureuse d'Eli.

Bien sûr qu'elle l'était, Willow pouvait le voir d'ici ! Et maintenant Rowan en avait elle aussi conscience. Tout allait s'arranger, et peut-être même que Rowan déménagerait à New York et pourrait faire partie de la vie de sa nièce ou de son neveu.

— Je ne peux malgré tout pas rester ici, affirma Rowan.

Le rêve éveillé de Willow d'un rapprochement familial vola en éclats.

— Pourquoi pas ? Tu l'aimes, tu es rayonnante, il te rend heureuse, tu es dans la plus belle ville du monde, tu as vaincu ta peur du monde extérieur... Tu peux le faire, Rowan !

— J'ai l'impression d'être deux personnes à la fois en ce moment, Will. La Rowan de Rumbelow et la nouvelle Rowan, celle de New York. Je dois trouver un moyen de rassembler ces deux personnes avant de continuer à avancer.

Elle ressentait la même chose que sa jumelle. La personne qu'elle était ici ne ressemblait pas à celle qu'elle était à New York.

— Ce qui implique de revenir à Rumbelow ?

— Oui. Je crois que oui, affirma Rowan.

— Alors. Tu dois être sûre de toi et des décisions que tu prendras. C'est pour cette raison que je suis venue ici, après tout. Reviens voir si la magie de Rumbelow opère sur toi.

Un petit bruit à l'autre bout de la pièce fit lever les yeux à Willow. Debout dans l'embrasure de la porte, les bras croisés sur son large torse nu, se tenait Gwyn, superbe, viril, excitant en diable. Elle lui sourit, puis se retourna vers sa sœur.

— Est-ce qu'elle a opéré sur toi ? lui demanda Rowan.

Willow acquiesça en se forçant à ne pas regarder Gwyn.

— Oui, je crois que c'est le cas. Cet endroit m'a appris ce que je voulais, et il ne me reste plus qu'à le réaliser. Je suis prête à en affronter les conséquences.

Donc à quitter Rumbelow. Et Gwyn en particulier.

— C'est super.

— Peut-être qu'Eli viendra à Rumbelow avec toi, avança Willow, pleine d'espoir.

Et peut-être que Gwyn te rendra visite à New York...

— Peut-être.

Rowan ne semblait pas très optimiste. Encore une fois, Willow savait exactement ce que ressentait sa sœur.

11

— Tu pars ?

Gwyn n'avait eu aucune intention de prononcer ces mots ; ils étaient sortis de sa bouche au moment où Willow avait mis fin à son appel avec Rowan. Il se mordit l'intérieur de la joue pour s'empêcher d'en dire plus, et resta debout dans l'embrasure de la porte, même si chaque cellule de son corps avait envie d'aller vers elle.

Elle rejeta ses cheveux en arrière en posant son téléphone sur la table. Elle avait l'air extrêmement lasse.

— Ben sait que Rowan n'est pas moi. Il ne lui faudra pas longtemps pour me retrouver, surtout si le type d'hier met cette photo sur les réseaux sociaux.

— Tu n'es pas obligée de courir vers lui, tu sais.

Gwyn n'arrivait pas à comprendre le tourbillon de sentiments qui l'envahissait. Bien sûr que Willow allait rentrer chez elle, et bien sûr qu'elle allait vouloir parler au père de son enfant. C'était le plan depuis le début. Alors pourquoi cela lui semblait-il aussi aberrant ?

Willow leva vers lui un regard surpris.

— Je ne cours pas vers lui, j'arrête de me cacher, c'est différent. Il est temps d'affronter la tempête.

Elle prit une grande inspiration et se leva.

— Je suis prête, maintenant.

Pas moi. Je ne suis pas prêt du tout.

Il n'était pas prêt à lui dire au revoir, à la laisser sortir de sa vie, et il réalisait qu'il n'était pas sûr de l'être un jour.

C'était un désastre.

Il s'était autorisé à entrouvrir la porte à Willow seulement parce qu'elle partait, parce qu'il savait qu'il n'aurait pas le temps de se sentir responsable d'elle, et encore moins de son bébé, pour ajouter au poids déjà trop lourd qu'il portait.

Il avait tâché de garder une distance émotionnelle, même quand la distance physique avait disparu. Mais tous ses efforts étaient réduits à néant.

Il ne voulait pas qu'elle parte.

— Je devrais, euh... te laisser faire tes valises, alors.

— Ce n'est pas obligé : dans le meilleur des cas, je ne pourrai probablement pas prendre de vol avant demain.

Ils se tenaient debout, immobiles et maladroits, chacun d'un côté de la table de la cuisine. La tension était forte. Était-ce un adieu ? Cela aurait dû l'être. Mais il se sentait faible. Et s'éloigner lui semblait impossible.

La sonnerie de son téléphone fit sursauter Gwyn. Il cessa de fixer Willow et consulta l'écran. Abigail. Il répondit sans hésiter.

— Tout va bien ? demanda-t-il, anxieux.

— Ils sont partis, Gwyn, dit sa sœur, des sanglots dans la voix. Scott et Kayla. Ils ont laissé un mot.

— Partis où ?

Mais il connaissait la réponse. Chaque muscle soudain tendu de son corps le lui avait appris.

— À Londres. Ils ont dit... ils ont dit que, si nous ne les soutenions pas dans l'accomplissement de leurs rêves, ils devraient les poursuivre seuls. Je savais que j'aurais dû...

— J'arrive tout de suite !

Il raccrocha sans en écouter davantage et se tourna vers Willow. L'angoisse lui nouait la gorge.

— Il faut que j'y aille. Sean et...

— J'ai entendu. Va voir Abigail, ajouta-t-elle avec un sourire rassurant. Je vais faire mes valises, et... puisque nous allons tous les deux à Londres, laisse-moi gérer la logistique, d'accord ?

Il cligna des yeux, surpris.

— Tu... tu ferais ça pour moi ? Vraiment ?

— Gwyn, tu m'as aidée à traverser une période de folie, ces dernières semaines. Je ne vais pas te laisser seul au moment où c'est difficile pour toi. Et puis, je m'inquiète aussi pour Sean et Kayla. Londres à dix-sept ans, sans contacts et sans argent ? Ce n'est pas un endroit idéal.

C'était la pensée qui le minait. S'il les avait aidés, s'il les avait soutenus correctement, ils n'auraient pas eu à partir seuls à l'aventure. Il aurait pu les accompagner et les protéger. Il avait laissé tomber un autre être cher parce qu'il était obnubilé par sa propre vie – par Willow en l'occurrence. Il allait bientôt se retrouver à court de gens à décevoir.

Il hésita tout de même un instant. Laisser Willow l'aider signifiait l'impliquer encore plus. Et elle avait déjà bien assez à faire en ce moment. Mais il avait besoin d'elle, pourquoi le nier ?

— Merci, dit-il enfin.

Elle lui adressa un faible sourire et le chassa d'un geste de la main.

— Allez, va-t'en !

— Dès que tu m'auras rendu mon T-shirt.

•

Willow s'étonna du peu de temps qu'il lui avait fallu pour ranger sa nouvelle vie dans la vieille valise de Rowan – qui avait pris la sienne pour aller à New York.

Elle n'avait utilisé que très peu des affaires qu'elle avait apportées à Rumbelow. La vie ici exigeait une esthétique différente et un état d'esprit différent. Elle s'était retrouvée dans les vêtements de sa sœur presque sans s'en rendre compte, et pas seulement parce que leur coupe était plus ample. Depuis son arrivée, elle n'utilisait plus d'appareils pour se coiffer, privilégiant la légère ondulation naturelle de ses cheveux. Elle avait lu des livres de la bibliothèque de Rowan plutôt que des magazines, heureuse de se plonger dans la fiction, de se déconnecter de son monde habituel.

Elle avait mangé plus de lasagnes au cours des dernières semaines qu'au cours de la décennie précédente, elle avait ri, elle s'était amusée, détendue. Elle s'était sentie... elle-même.

N'était-ce pas pour cela qu'elle était venue à Rumbelow ?

Elle s'assit sur le lit et réfléchit à la suite des événements. Les réponses lui arrivèrent rapidement, évidentes.

Alors, elle saisit son téléphone et commença à prendre des dispositions.

Trouver un jet privé pour les emmener dans la capitale lui demanda un peu de doigté et de diplomatie, mais Willow connaissait des gens qui connaissaient des gens, ce ne fut donc pas trop difficile. Obtenir une suite dans son hôtel londonien préféré fut encore plus facile, tout comme réserver une table pour le lendemain soir dans le nouveau restaurant en vogue de la ville : à Londres, la présence de Willow Harper était une excellente publicité pour n'importe quel lieu branché. C'était presque plus compliqué d'avoir une table au Star and Dragon un soir de scène ouverte, songea-t-elle, amusée.

Il ne lui restait plus qu'un appel téléphonique à passer, le plus délicat, celui qu'elle repoussait depuis bien trop longtemps...

Elle s'imprégna de l'atmosphère chaleureuse du cottage de Rowan, puis s'approcha de la fenêtre pour observer la mer qui se fondait dans l'horizon. Elle aperçut un peu plus loin sur la falaise la maison de Gwyn. Cela lui donna la dose de courage qui lui manquait encore.

S'appuyant sur tout ce qu'elle avait appris – à propos d'elle-même, de ce qu'elle attendait de l'avenir, de sa nouvelle vision de sa vie et du monde –, elle se jeta à l'eau.

Il ne répondit pas tout de suite, bien sûr, parce qu'il pensait que cela aurait été un signe de faiblesse. Elle compta les sonneries. Il décrocha après la cinquième.

— Bonjour, Ben, c'est Willow.

Willow aurait voulu parler de Ben à Gwyn avant leur départ de Rumbelow, mais il était resté avec sa sœur une bonne partie de la nuit, et lorsqu'il s'était glissé entre ses draps il avait eu besoin de son réconfort physique, pas de ses mots. Ensuite, ils ne s'étaient pas réveillés à l'heure prévue et avaient dû se dépêcher pour rejoindre l'aérodrome privé à temps.

Elle aurait voulu lui parler dans l'avion, mais il lui avait parlé d'Abigail, qui avait réussi à parler à son fils et à obtenir de lui l'adresse de l'ami chez qui ils logeaient. Gwyn semblait tellement tendu qu'elle avait songé que ce n'était pas le moment, puis ils avaient atterri.

Elle aurait voulu lui parler durant le trajet en voiture jusqu'au palace, mais il avait sombré dans une sorte de mélancolie qu'elle supposait provoquée par ses souvenirs de Londres, alors elle s'était contentée de lui tenir la main pour lui faire savoir qu'elle était là.

Maintenant qu'ils venaient de prendre possession de leur suite, elle ne pouvait plus retarder l'échéance. Elle regarda Gwyn sortir une chemise propre de son sac à dos et enlever celle qu'il portait. Elle voulait s'imprégner de la moindre image de lui.

— Je vais sortir pour voir à quoi ressemble l'endroit où ils séjournent, annonça-t-il.

— J'ai bien peur de ne pas pouvoir venir avec toi, dit Willow. J'ai un rendez-vous ce soir.

Il se tourna vers elle, toujours torse nu, l'air surpris.

— Un rendez-vous ?

— Je dîne avec Ben.

— Tu... quoi ? s'exclama-t-il.

Il paraissait plus confus qu'en colère. Mais pourquoi aurait-il été en colère ? Elle n'était pas sa... sa quoi que ce soit, et il avait des problèmes plus importants à gérer.

— Je ne voulais pas qu'il se pointe à Rumbelow, expliqua-t-elle. Là, c'est moi qui ai décidé de l'heure et du lieu.

Gwyn se passa les mains dans les cheveux, le visage crispé par l'angoisse.

— Tu n'as pas besoin de le voir du tout ! Je ne peux pas... je dois aller chercher Sean, je ne peux pas venir avec toi.

Il avait l'air si perturbé que Willow faillit éclater de rire, mais cela n'aurait fait qu'empirer la situation.

— Je ne te le demandais pas, dit-elle avec légèreté.

Elle se serait sentie mieux avec Gwyn à ses côtés, mais il ne serait plus là après son retour à New York, et elle devait se réhabituer à faire les choses seule. Elle devait également étouffer cette petite flamme qui tremblotait dans sa poitrine, cet espoir que les choses pourraient être différentes, cette voix qui aurait voulu qu'elle reconnaisse ses sentiments envers Gwyn – elle avait bien forcé Rowan à admettre ses sentiments pour Eli.

C'est différent, Will, déclara sa voix intérieure raisonnable. *Rowan est complètement libre. Toi, tu dois penser à l'avenir, au bébé et à Ben. Et il ne serait pas juste de faire peser tout cela sur les épaules de Gwyn, aussi musclées soient-elles.*

— Tu ne devrais pas y aller seule, affirma Gwyn. Tu m'as déjà dit que tu avais peur qu'il te retourne le cerveau, qu'il prenne le contrôle. Attends que j'aie retrouvé Sean, je pourrai t'accompagner.

— Connaissant son orgueil et son ego, ça se passera mieux si je le rencontre seule. Tu n'as pas à t'inquiéter, je maîtrise la situation.

Elle avait eu tout le temps de réfléchir à ce qu'elle allait lui dire. Elle ne lui laisserait pas le temps d'essayer de la manipuler. Et puis elle n'était plus la même femme, ce dont elle était plutôt fière.

— Mais je m'inquiète, répondit Gwyn en la fixant droit dans les yeux. Et c'est bien ça le problème. Je savais que je n'aurais jamais dû m'approcher aussi près de toi.

Gwyn soupira, effondré. Une fois de plus, les mots étaient sortis de sa bouche sans qu'il ait eu l'intention de les prononcer, même s'ils étaient vrais.

Willow le fixait, les yeux écarquillés, pâle comme un linge.

— Qu'est-ce que tu veux dire par là ?

— Dès que je t'ai laissée entrer dans ma vie, les choses ont commencé à mal tourner.

Il s'expliquait mal, il le savait, il le voyait à l'expression blessée de la jeune femme, mais si son choix de mots était maladroit ce n'en était pas moins la vérité.

— J'avais les choses en main avant cela. Sean était en sécurité, à la maison, il m'écoutait. Abigail était heureuse. C'était tout ce dont j'avais besoin. Puis tu es arrivée et je... j'ai perdu le contrôle de la situation. J'ai oublié que lorsque j'essaye d'avoir plus, de m'occuper de plus de gens, de gérer plus de choses, je fais du mal autour de moi.

— Gwyn, s'il est question de Darrell...

— Pas seulement Darrell. Rachel. Abigail.

— Je n'ai jamais posé de questions sur le père de Sean, dit lentement Willow.

Décidément, son cerveau était rapide. Dès le début, il avait apprécié son intelligence.

— C'était un vrai salaud. Abigail est tombée enceinte de lui juste après son baccalauréat, et ils ont dû se marier.

C'était ainsi que les choses se passaient, à l'époque. Il avait compris tout de suite que c'était une très mauvaise idée, mais il était tout juste adolescent, personne ne l'avait écouté.

— Il est parti ? devina Willow.

— Pas assez tôt, hélas !

Abigail n'avait jamais admis que son mariage allait mal. Si Gwyn l'avait su, peut-être n'aurait-il pas quitté Rumbelow – ou peut-être que si…

— Je me suis installé à Londres quand Sean avait six ans, et je crois que c'est après cela que les choses ont vraiment mal tourné.

Était-ce parce qu'il n'avait plus été là pour veiller sur sa sœur ? Il ne le saurait jamais. En revanche, il savait qu'il n'avait pas été là pour s'occuper d'elle quand elle en avait eu besoin.

— Que s'est-il passé ?

Gwyn s'assit pesamment sur le lit et soupira.

— Je ne sais pas vraiment. Elle ne m'a jamais rien dit quand j'étais à Londres, même quand je lui rendais visite, et quand je suis revenu à Rumbelow après la mort de Darrell, quatre ans après mon départ, je l'ai trouvée avec un bras cassé, Sean était un gamin terrifié et son père n'était plus là. Nous ne l'avons jamais revu.

Il supposait qu'Abigail l'avait mis à la porte, soutenue par certains habitants qui s'étaient assurés qu'elle était en sécurité.

Mais cela aurait dû être lui.

Willow l'observait en silence, la tête penchée sur le côté.

— Quoi ? demanda-t-il d'un ton rogue.

— Darrell, Rachel, le bébé, Abigail... Tu sais que tu n'es responsable d'aucun de ces drames, n'est-ce pas ?

— Ce n'est pas la question. J'aurais peut-être pu les empêcher, peut-être pas. Quoi qu'il en soit, j'aurais dû être là pour les gens auxquels je tenais. Mais ils... ils étaient trop nombreux. Je ne pouvais pas être partout à la fois, et j'ai fini par tous les laisser tomber. C'est pourquoi je dois me concentrer sur les seules personnes qui me restent, Abigail et Sean. C'est pourquoi je ne peux pas me permettre de laisser entrer quelqu'un d'autre dans ma vie.

— Et c'est pourquoi tu ne veux pas que Sean tente sa chance à Londres. Tu as peur de ne pas pouvoir veiller à la fois sur lui ici et sur Abigail à Rumbelow.

Elle s'assit à côté de lui sur le lit, sans toutefois tenter un geste tendre ou réconfortant en sa direction.

— C'est ma famille.

— Et elle ne voudrait jamais que tu te martyrises ainsi pour elle ! Ni Abigail ni Sean n'attend de toi que tu sacrifies ton avenir au prétexte de veiller sur eux, j'en suis certaine. Tout cela pour adoucir ta culpabilité par rapport à des événements que tu n'aurais jamais pu prévoir ou anticiper.

— Tu ne sais pas de quoi tu parles.

— Ah bon, tu en es sûr ? répliqua-t-elle, ironique. Parce que je suis venue à Rumbelow pour me cacher, donc je sais ce que signifie ce verbe. J'y suis restée environ un mois, le temps de remettre de l'ordre dans ma vie. Et toi, tu te caches là depuis quoi ? Sept ans ? Tout ça parce que tu crains de « laisser entrer des gens dans ta vie », de peur de perdre ou de blesser à nouveau quelqu'un ?

Gwyn tiqua, heurté par son ton ironique. Était-ce vraiment déraisonnable de vouloir s'occuper des siens ?

— Prendre soin de sa famille, n'est-ce pas la chose la plus importante au monde ?

— Si, bien sûr. Mais pose-toi cette question : est-ce que tu leur donnes ce dont ils ont besoin ou ce dont *toi* tu as besoin pour avoir bonne conscience ? Dans le premier cas, tu crois que Sean se serait enfui à Londres sans t'en parler d'abord ?

Willow savait que ses mots avaient fait mouche : Gwyn avait tressailli et sa mine était devenue sombre.

Ce qui ne l'avait pas empêché de riposter :

— Que sais-tu de la famille ? Je suis le voisin de Rowan depuis des années et je ne t'ai jamais rencontrée.

D'un petit geste agacé de la main, souligné d'un « Tssss » réprobateur, elle l'interrompit. Elle savait qu'elle avait été une sœur passable, elle allait s'améliorer, mais c'était de Gwyn qu'il était question, pas d'elle.

— Rowan tenait à sa solitude. Écoute, Gwyn, je ne te critique pas, je dis juste que les gens doivent être responsables d'eux-mêmes. Tu peux les aimer, les soutenir, mais tu ne peux pas les sauver d'eux-mêmes, de leurs démons. Tu n'aurais pas pu sauver Darrell de son addiction, seul lui le pouvait. Tu n'es pas responsable du mariage de ta sœur avec un salaud. Abigail détesterait savoir que tu restes à Rumbelow seulement parce que tu t'inquiètes pour elle et Sean, que tu as abandonné ta carrière, ton avenir, ta vie pour eux.

En voyant ses épaules se détendre, Willow comprit qu'elle avait réussi à faire passer son message.

— Ils sont ma seule raison de vivre. J'ai perdu toutes les autres en même temps que Rachel, mon enfant et Darrell.

— Je sais, compatit-elle, sincère, en lui posant une main sur le bras. Mais laisse-toi une chance d'en trouver de nouvelles, d'avoir un nouvel avenir.

Leurs regards se croisèrent. Le mélange de détresse et de souffrance qu'elle lut dans celui de Gwyn lui déchira le cœur.

— Je ne peux pas prendre le risque de tomber amoureux de toi, Willow.

Elle se figea. Voilà, il avait été dit, le mot que ni l'un ni l'autre n'avait encore prononcé, le sentiment auquel elle s'était à peine permis de penser.

L'amour.

Était-ce de l'amour lorsque vous saviez que la personne qui se tenait devant vous était celle que vous vouliez à vos côtés lorsque les choses se compliquaient dans votre vie ? Était-ce de l'amour lorsqu'un seul regard vers une personne vous donnait l'impression que le bonheur était possible ?

C'était probablement de l'amour quand il était impossible d'imaginer l'avenir sans cette personne, n'est-ce pas ?

Oh ! bon sang...

Gwyn n'était peut-être pas prêt à prendre ce risque, mais il était déjà trop tard pour elle.

Elle était amoureuse de lui. Et il était sur le point de franchir la porte.

— Je dois aller chercher Sean, désolé. Tu seras là quand je reviendrai ? demanda-t-il, la main sur la poignée.

— Je ne sais pas, répondit-elle avec honnêteté.

Il hocha la tête et sortit.

Willow ne fit pas un geste pour le retenir.

12

Gwyn n'avait pas remis les pieds à Londres depuis son retour à Rumbelow, sept ans auparavant. La ville lui semblait toujours aussi immonde et dangereuse, une sorte d'alien gluant déterminé à l'engloutir.

Il devait retourner en Cornouailles. Il devait d'abord retrouver Sean. Et surtout il devait arrêter de penser à Willow.

Dès qu'il lui avait dit qu'il ne pouvait pas risquer de tomber amoureux d'elle, l'évidence l'avait frappé : c'était un mensonge, car il était *déjà* amoureux d'elle.

Ce qu'il ne pouvait pas risquer, c'était de le lui faire savoir, de lui donner l'espoir qu'il pourrait devenir un autre homme que celui qu'il était – un homme brisé, désespéré, agrippé aux lambeaux de son ancienne vie.

Il savait qu'elle avait raison : Abigail et Sean ne voudraient pas qu'il renonce pour eux à ses rêves, à sa chance de vivre l'amour et de retrouver le bonheur. Gwyn avait vécu avec eux pendant les six premiers mois de son retour, et ils l'avaient aidé à retrouver un peu goût à la vie après qu'il avait perdu Darrell, Rachel et le bébé. Il leur était redevable. Il les aimait. Les protéger était la chose la plus importante dans sa vie.

Il se le répétait lorsqu'il parvint devant l'entrée du vieil immeuble crasseux de ce quartier plutôt mal famé où Sean et

Kayla étaient censés loger chez un ami. Celui-ci était chez lui, mais seul. Il apprit à Gwyn qu'il leur avait prêté son canapé pendant deux nuits, mais qu'ils avaient trouvé un engagement dans un bar situé à quelques stations de métro. A priori, ils y logeaient aussi, désormais.

Gwyn remit son sac à dos sur ses épaules et, ayant trouvé l'adresse du bar sur Internet, entreprit de s'y rendre.

Il aurait pu laisser son sac à l'hôtel. Il aurait dû, peut-être. Mais lorsqu'il était parti il ne savait pas s'il y retournerait. Il ne le savait toujours pas, d'ailleurs.

Ce qui s'était passé entre eux dans la chambre d'hôtel cet après-midi-là changerait-il la façon dont Willow se comporterait avec son ex ? Le fait de savoir qu'il avait annulé toute possibilité d'avenir entre eux la rendrait-il plus encline à retourner avec Ben ? Elle avait dit dès le départ que ce n'était pas ce qu'elle voulait. Mais elle ne voulait peut-être pas non plus élever le bébé seule.

Il ravala la bile qui montait dans sa gorge à la pensée de Willow et Ben ensemble, de cet homme qu'il n'avait jamais rencontré et qui paraissait capable de faire de la vie de Willow un calvaire.

Une onde de colère le traversa en même temps qu'un élan protecteur. Il ne pouvait pas laisser quoi que ce soit lui arriver. Mais elle serait à New York, Abigail à Rumbelow et Sean... Sean serait apparemment ici, au Black Crow Club, dont il poussa la porte.

Il était encore tôt dans la soirée et l'endroit était presque désert. C'était le genre de club qui s'animait au cœur de la nuit, où Darrell et lui auraient pu jouer, à l'époque.

L'homme derrière le bar leva à peine les yeux lorsqu'il s'approcha du comptoir.

— Je cherche Sean Callaghan.

— Attendez, vous n'êtes pas Gwyn... euh... Gwyn quelque chose ? Vous faisiez partie du groupe Blackbird, non ?

Le barman avait l'air beaucoup plus intéressé, désormais.

— Je suis l'oncle de Sean Callaghan, et je suis ici pour le ramener chez lui. Où est-il ?

— Gwyn ? fit la voix de Sean derrière lui. Qu'est-ce que tu fais là ?

Son neveu restait à bonne distance. Il semblait méfiant. Le barman s'éloigna à l'autre bout du bar.

— Je suis là pour te ramener chez toi, Sean.

Kayla apparut à son tour depuis l'arrière-salle, l'air buté.

— Nous donnons un concert ici ce soir. Nous n'irons nulle part, le défia-t-elle.

— Vous avez dix-sept ans, répondit sèchement Gwyn. Légalement, vous n'avez même pas le droit d'être ici.

Sean s'approcha alors doucement de lui, comme s'il devait apprivoiser une bête sauvage.

Et la bête sauvage, c'est toi...

— Écoute, je sais que tu as de bonnes raisons d'avoir peur que je me lance dans la musique. Et je sais que tu es là uniquement parce que tu tiens à moi et que tu veux me protéger. Mais c'est *mon* avenir. C'est *ma* vie, celle que je veux vivre. Et j'aimerais vraiment que tu me soutiennes.

Gwyn se demanda si Sean avait répété son discours. Il avait parlé d'une voix calme, posée, comme un adulte. Il n'avait jamais considéré Sean comme un adulte auparavant. Il se força à dompter la pulsion qui lui commandait de traîner son neveu hors d'ici pour le ramener en sécurité à Rumbelow.

— Je sais que tu penses être un adulte, dit-il doucement. Mais tu ne sais rien de ce monde que tu penses pouvoir affronter seul.

— Parce que tu ne m'en as jamais parlé ! riposta Sean.

Toute ma vie, je t'ai posé des questions sur la musique, sur ta carrière, et tu ne m'as jamais rien dit. Je sais que ce qui vous est arrivé, à toi et à Darrell, était horrible. Mais pourquoi faire comme s'il n'avait jamais existé ?

Bonne question, pensa-t-il. La réponse ? Parce que c'était plus facile ainsi. Mais pas question de le dire à Sean.

— Mon passé n'est pas une histoire que l'on raconte aux enfants pour les divertir, Sean.

— Tu sais très bien que ce n'est pas ce que je voulais dire ! s'emporta son neveu.

Kayla vint se placer à son côté, une main sur son bras, silencieuse. Lorsqu'il reprit la parole, Sean paraissait apaisé par ce simple contact. Willow avait cet effet-là sur lui, songea-t-il avec un pincement au cœur.

— Tu connais mes rêves, Gwyn. Et tu connais et comprends ce monde mieux que quiconque. Je veux faire ça avec toi, pas contre toi. Mais j'ai besoin que tu me fasses confiance. Je ne peux pas vivre ma vie dans l'ombre de ta peur.

Gwyn eut l'impression de prendre une droite en plein visage. « Je ne peux pas vivre ma vie dans l'ombre de ta peur. »

N'était-ce pas ce qu'il imposait à tout le monde ? Abigail n'osait fréquenter aucun homme parce qu'elle savait qu'il ne pourrait s'empêcher de surveiller de près cette relation, et Sean s'était enfui à Londres parce que son oncle refusait de lui tendre la main pour l'aider à réaliser son rêve.

Quant à Willow... Elle devait affronter seule son ex, parce qu'il était trop effrayé pour lui avouer son amour. Ses propres peurs et sa volonté maladive de protéger ses proches n'avaient fait que les éloigner de lui ; et les mettre en danger. Comment avait-il pu ne rien voir ? Cela le ravageait.

— Écoute, reprit Sean, pourquoi ne pas rester pour le concert de ce soir ? On ne joue pas à domicile, là, ce sera différent. Tu nous diras si tu penses qu'on a raison d'y croire. Et si c'est le cas...

— Je te soutiendrai, promit Gwyn, la gorge serrée. Parce que tu as raison. Je... si tu veux faire ça, je... je préfère que tu le fasses avec moi plutôt que sans moi.

Peut-être qu'il ne pouvait pas protéger tous ceux qu'il aimait. Peut-être qu'il devait les laisser apprendre de leurs erreurs. Toutefois, il pouvait quand même les soutenir ; les encourager ; et être là *si* les choses tournaient mal.

Il ferait cela pour Sean. Pour Abigail.

Et peut-être qu'il pourrait même faire cela pour Willow, quand elle serait prête.

Willow avait soigneusement choisi sa tenue pour le dîner avec Ben. Elle voulait être attirante, mais pas trop sexy. Sûre d'elle, mais pas trop intimidante. Talons hauts, cheveux relevés en chignon lâche et rouge à lèvres. Ce n'était pas une bataille, c'était une négociation. Même si Ben ne le savait pas encore.

Lorsque, accompagnée par le maître d'hôtel, elle arriva à la table qu'elle avait réservée, Ben était déjà là, assis dos au mur pour pouvoir la regarder approcher. Elle savait que dans les réunions il aimait arriver en dernier pour montrer qu'il était celui qui contrôlait la situation. Là, il avait sans doute espéré la mettre en porte-à-faux afin qu'elle s'excuse d'être en retard – ce qui n'était pas le cas.

Elle s'assit en face de lui.

— Ben. Merci d'être venu.

Il avait déjà commandé une bouteille de vin. Elle fit signe à un serveur et lui demanda de l'eau gazeuse.

— Lorsque votre petite amie disparaît de la surface de la terre, vous avez envie de savoir pourquoi, attaqua-t-il, narquois.

— J'avais besoin de temps pour réfléchir. Et comme Rowan

avait besoin de sortir de sa zone de confort je l'ai envoyée garder mon appartement. Ça a porté ses fruits pour nous deux.

— Elle a séduit mon frère et l'a propulsé à la tête de mon entreprise, je suppose que oui, ça a porté ses fruits pour ta sœur, répondit Ben avec amertume.

Si elle en croyait leur dernière conversation téléphonique, Willow n'était pas sûre que Rowan soit sur le point de cueillir les fruits qu'elle convoitait. Sa jumelle était en route pour Londres, et peut-être même avait-elle déjà atterri.

— Alors, tu as bien réfléchi ? demanda Ben. Tu rentres à la maison ?

La « maison » ? Parlait-il de New York ou de lui-même ?

— Ben, je ne t'ai pas demandé de venir ici pour qu'on se remette ensemble. Cela n'arrivera jamais.

— Pourquoi pas ? Ça marchait bien entre nous jusqu'à ce que tu t'enfuies ici en cachette.

— Non, ça ne marchait pas bien.

Avec le recul, elle en était persuadée, désormais. Tant qu'elle avait été *dans* cette relation, elle ne l'avait pas vue clairement, de l'extérieur et dans son ensemble. Et quand il lui était arrivé d'y réfléchir elle la trouvait *pratique*. Mais elle se disait aussi à cette époque qu'elle ne pouvait peut-être pas espérer ou mériter mieux. Après tout, elle avait la beauté, l'argent, la célébrité, le succès, il aurait été presque indécent de demander plus, de vouloir être aimée pour elle-même, pour la personne qu'elle était sous la surface.

Or, depuis qu'elle avait rencontré Gwyn, elle savait que c'était possible. Elle l'aimait, et elle était presque sûre qu'il l'aimait aussi – ou qu'il pourrait l'aimer, s'il lâchait prise.

Et si cela n'arrivait jamais, si Gwyn n'admettait jamais ses sentiments, au moins elle savait ce que cela faisait d'être vraiment aimée. Elle ne se contenterait plus de moins, désormais. Elle voulait une vie et un amour qui l'illuminent, pas seulement pour elle mais aussi pour son bébé.

— Ben, reprit-elle, ce que nous vivions n'était pas une vraie relation, c'était un accord commercial.

— Qui nous convenait parfaitement à tous les deux !

— Eh bien, cela ne me convient plus, déclara-t-elle, avant de prendre une grande inspiration. Ben, je suis enceinte.

Si elle avait eu un doute sur la justesse de sa décision d'élever ce bébé loin de son père, l'expression d'horreur et de dégoût qui déforma le visage de Ben l'aurait dissipé.

— Mon Dieu, pourquoi ? Tu vas t'en débarrasser ? demanda-t-il, avant de blêmir : Attends, attends... ne me dis pas qu'il est de moi ! Il n'est pas de moi, si ?

— Biologiquement, si. En pratique, pas nécessairement. Je vais élever cet enfant. Si tu souhaites être impliqué dans sa vie, nous pouvons parler de ce à quoi cela pourrait ressembler. Sinon, ne t'inquiète pas, je ne te demanderai rien.

— Pas si vite ! Si c'est le mien, on devrait se marier, non ? C'est l'héritier de mon entreprise que tu as dans le ventre. Enfin, on le saura après le test ADN, bien sûr.

Elle pouvait presque voir les rouages de son cerveau tourner à toute allure pour calculer les bénéfices qu'il pourrait retirer de la situation. Elle avait toujours été consciente de servir à Ben de caution morale auprès de son conseil d'administration. Elle était la petite amie riche, célèbre et à la réputation sans tache à laquelle le play-boy fêtard assagi allait passer la bague au doigt pour devenir un père de famille responsable.

Il était temps de torpiller cette fable une fois pour toutes.

— Non, Ben. C'est un bébé, pas l'héritier de quoi que ce soit. Il n'a pas besoin de ton argent, ni de la pression que pourraient lui mettre tes attentes à son égard. Il a juste besoin d'amour. Donc nous ne nous marierons pas.

— Alors cet enfant sera un bâtard.

Il avait craché ces mots comme si c'était la pire chose qui puisse arriver à un enfant.

— En tout cas, il sera aimé.

Ben soupira, puis se resservit un verre de vin.

— Il faut que j'y réfléchisse.

Willow hocha la tête. Elle avait pris son temps, il avait le droit lui aussi de prendre le sien. Elle recula sa chaise, prête à partir. Cette discussion lui avait coupé l'appétit.

— Tu sais comment me joindre quand tu seras prêt, dit-elle en se levant.

Vif comme l'éclair, Ben lui avait saisi le bras. Il le tira pour la forcer à se rasseoir.

— Une minute, ma belle. Tu veux que je travaille avec toi à trouver un moyen équitable de régler la situation, n'est-ce pas ?

— Ce n'est pas une situation, c'est un enfant. Mais oui. J'aimerais que nous puissions en discuter comme des adultes et trouver une solution satisfaisante pour tous les deux.

Cela ne lui semblait pas trop demander, mais à en croire l'expression soudain dure et impénétrable de Ben il n'était pas de cet avis ; et il était prêt à exiger un prix élevé en compensation.

— Si tu veux que nous réglions cela à l'amiable toi et moi et que je n'appelle pas mon avocat tout de suite pour le mettre sur l'affaire, il faut que tu reviennes à New York avec moi. Ce soir.

13

Comme il s'y attendait, et même s'il espérait le contraire, Willow n'était plus dans la suite lorsque Gwyn s'y glissa doucement au milieu de la nuit, après le concert de Sean et Kayla. Il lui avait dit qu'il ne pourrait jamais l'aimer, pourquoi serait-elle restée ? Il fut déçu de ne pas trouver de message, mais pourquoi lui en aurait-elle laissé un ? Elle avait considéré qu'ils s'étaient déjà tout dit.

Après une nuit agitée, il retrouva Sean et Kayla pour un brunch de travail. Après l'incroyable performance de la veille, il était indubitable que le duo était promis à un grand avenir. Gwyn avait décidé de prendre les choses en main et d'élaborer avec eux une stratégie pour les conduire vers le succès. Pour ce faire, il leur financerait un meublé décent et leur présenterait quelques connaissances du milieu de la musique. Il était clair qu'il allait passer beaucoup de temps à Londres avec eux, ne serait-ce que pour sa propre tranquillité d'esprit. Juste avant de partir à la gare, il donna aux deux adolescents des instructions très strictes et leur promit de revenir très vite.

Tout en lui le poussait à se rendre directement à l'aéroport et à prendre le prochain vol pour New York au lieu du prochain train pour la Cornouailles, mais il se raisonna. Il devait faire son rapport à Abigail et mettre Sean et Kayla sur les rails avant de disparaître de l'autre côté de l'océan. Mais surtout il devait laisser un peu de temps à Willow avant de débarquer à nouveau dans sa vie avec des déclarations spectaculaires.

Ce qui ne l'empêcha pas dans le train de préparer son discours.

Je suis un idiot. Je t'aime. Il est évident que je t'aime, et je me demande comment j'ai pu croire que je pouvais contrôler ce sentiment. Je veux passer le reste de ma vie avec toi et le bébé. Oui, je suis encore terrifié, mais je suis sûr que ce sera fabuleux.

Il imaginait encore ces retrouvailles new-yorkaises sur le chemin pentu qui menait à sa maison depuis le village, priant pour que Willow n'ait pas décidé d'épouser Ben, ou de ne plus jamais mettre un orteil à Rumbelow une fois qu'elle aurait retrouvé l'énergie grouillante de Manhattan. En passant devant le cottage de Rowan, il jeta machinalement un regard dans le jardin et...

... son cœur s'arrêta...

... puis repartit à vive allure, alimenté par deux énergies puissantes mais contraires : l'espoir et l'appréhension. La blonde gracile qui occupait toutes ses pensées leva la main et lui fit un signe amical.

Oh ! non...

Il salua Rowan en retour, mortifié par sa méprise. Même à cette distance, il parvenait à différencier les jumelles, à présent – il préféra ne pas se demander ce que cela disait du degré d'amour qu'il avait pour Willow... Il nota que Rowan avait l'air triste. Il ne savait pas exactement ce qui s'était passé à New York, mais il semblait que pour elle non plus la fin n'était pas heureuse.

Et pourtant il espérait pouvoir réécrire la sienne au bout d'un vol transatlantique, s'il parvenait à trouver les mots justes. C'était comme pour l'écriture d'une chanson. Parfois, il fallait raturer, corriger, noircir des dizaines de feuilles pour trouver exactement les bons mots, ordonnés de la bonne manière, pour dire ce qu'il essayait de dire.

Lorsque son discours sonnerait parfaitement juste, il se rendrait à New York.

Il ouvrit la porte de sa maison et entra. Pour une fois, il ne s'attarda pas sur la vue splendide, perdu dans ses pensées.

— Bonjour, Gwyn.

Il se retourna, certain d'avoir rêvé. Non, elle était là, accoudée au comptoir de la cuisine.

Willow !

— Qu'est-ce que tu fais ici ? Non pas que je sois… je pensais que tu étais repartie à New York.

— C'est ce que voulait Ben. Il m'a posé un ultimatum, du genre « reviens à New York avec moi ou je ferai de ta vie un enfer ».

— Et comment as-tu… ?

— Je l'ai pris au mot, le coupa-t-elle, un petit sourire aux lèvres. Il a besoin de moi pour montrer qu'il est un homme responsable et rassurer ses administrateurs. Une bataille juridique pour la garde d'un enfant serait désastreuse pour lui. Il a besoin de moi bien plus que je n'ai besoin de lui.

— Pourquoi ne m'as-tu pas attendu à l'hôtel ?

— Rowan a appelé. Elle venait d'atterrir à Londres et… elle avait besoin de moi. Je ne savais pas combien de temps tu allais rester avec Sean, alors nous sommes revenues ici ensemble. Et comme elle a ton double de clés je me suis dit que j'allais t'attendre ici.

Dieu merci ! faillit-il s'exclamer, mais il était trop occupé à essayer de se souvenir de tout ce qu'il avait prévu de lui dire, de ces mots qu'il avait soigneusement choisis et qui, sous l'effet de la surprise et du soulagement, avaient disparu de son cerveau.

Willow prit une profonde inspiration. Le moment de vérité approchait, mais avant elle avait besoin d'autres réponses :

— J'imagine que tu as trouvé Sean. Est-ce que Kayla et lui vont bien ?

— Ils vont très bien. Ils sont bien plus matures que je ne l'étais à cet âge. Et je pense qu'avec mon soutien et mes conseils leur carrière va décoller.

Avec son soutien et ses conseils… Cela signifiait-il que Gwyn s'autorisait à revivre, à ne plus laisser ses peurs, ses angoisses et son passé guider son existence ? C'était peut-être une bonne nouvelle pour elle…

— J'ai agi comme un idiot, dit-il, comme s'il lisait dans ses pensées.

L'espoir enfla dans son cœur. D'un sourire, elle l'encouragea à poursuivre.

— J'aurais dû te dire il y a longtemps que je tombais amoureux de toi. J'aurais dû te dire hier que je t'aime plus que tout au monde. Si tu veux bien de moi, je veux passer chaque jour du reste de ma vie à te rendre heureuse.

Willow cligna des yeux, abasourdie. Elle avait espéré qu'ils commenceraient à ouvrir leurs cœurs, mais Gwyn la prenait de court. Et elle adorait cela !

— Tu… tu m'aimes ?

— Plus que tout.

Oui, elle le voyait dans son regard. Il était sincère. C'était bel et bien réel. Elle ne rêvait pas. Il s'approcha et ouvrit les bras. Elle s'y nicha sans hésiter et posa la tête contre son torse.

— Même si je suis enceinte de l'enfant d'un autre homme ?

— Crois-moi, aussi étonnant que cela puisse paraître, j'aime déjà ce bébé.

— Tu sais que les gens vont nous observer et que les commérages vont aller bon train. Tu sais que vont être déterrées des histoires de nos passés respectifs, surtout si Ben décide de passer à l'attaque.

— Je croyais que c'était mon rôle de trouver les raisons pour lesquelles ça ne pouvait pas marcher, fit-il remarquer avec humour. Alors, sache que je m'en fiche. Tu comptes plus pour moi que ces ragots sordides.

Elle leva la tête et croisa son regard.

— Et si je veux retourner vivre à New York ? demanda-t-elle d'une voix étranglée par l'appréhension.

Elle allait enfin savoir s'il était vraiment désireux d'arrêter de se cacher à Rumbelow et d'affronter à nouveau le monde réel.

— Alors je viendrai avec toi. À condition que nous puissions venir souvent à Rumbelow. Ma vue sur la mer me manquerait.

Willow cilla pour retenir les larmes qu'elle sentait poindre. Des larmes de bonheur et de soulagement.

— À moi aussi. Et ma sœur me manquerait trop.

Elle capta à nouveau le regard de Gwyn. Elle avait une dernière question à lui poser, même si cela la terrifiait.

— Tu es sûr de toi ? Je veux dire, pas plus tard qu'hier après-midi tu as dit…

— Je sais ce que j'ai dit, l'interrompit-il. Mais tu avais raison, et Sean aussi. J'avais tellement peur… Je vivais une demi-vie. Et je forçais tous les autres à la vivre avec moi. Ce n'était pas juste, ni pour eux, ni pour toi, ni pour moi. Et je ne veux plus de cette vie-là. Je… j'ai la chance d'être encore là alors que Darrell est parti. Je lui dois de continuer à vivre pour deux. Et si je n'ai qu'une seule vie à vivre je veux la vivre pleinement, en étant follement, passionnément, éternellement amoureux de toi.

— Ça me va, répondit Willow avec un grand sourire. Au fait, je t'ai dit que je t'aimais ?

— Non, dit-il en riant. Mais je l'espérais...

— Je t'aime. Je t'aime, ce bébé va t'aimer, et aucun de nous n'aura plus jamais à se cacher. Nous allons vivre nos rêves au grand jour !

— Rien ne pourra me rendre plus heureux. J'en ai assez de me cacher. Je suis prêt à revivre, mais seulement si c'est avec toi.

Alors, il l'embrassa. Avec passion, tendresse, douceur, sauvagerie, sensualité ; avec tous les ingrédients qu'ils allaient mettre dans leur histoire pour que cet amour dure toujours.

Épilogue

De mémoire d'habitant de Rumbelow, on n'avait jamais vu une telle affluence au Star and Dragon. Auréolés de leur succès naissant, Sean et Kayla s'y produisaient pour la première fois depuis leur installation à Londres, presque quatre mois auparavant.

Calée sur sa chaise, Willow avait du mal, à cause de son ventre devenu énorme, à atteindre son assiette de lasagnes posée devant elle sur la table.

— Ce bébé a intérêt à venir vite, Will. Sinon, tu risques bientôt de mourir de faim, plaisanta Rowan.

— Ce serait dommage de ne plus pouvoir profiter de ces lasagnes, déclara Eli, le fiancé de sa sœur, en sauçant sa propre assiette avec un morceau de pain. Elles sont incroyables ! Comment un petit village de Cornouailles peut-il proposer de meilleures lasagnes que New York ?

— Rumbelow est un endroit très spécial, répondit Willow. Regarde ce qu'il a fait pour nous tous.

Elle était retournée à New York, mais elle s'y était sentie seule sans Gwyn, qui était resté en Angleterre pour aider Sean et Kayla à se lancer. Plus encore, elle avait compris qu'elle n'était plus la même femme que celle qui avait fui la ville quelques mois auparavant, paniquée, enceinte et effrayée.

Lorsque Ben avait décidé une fois pour toutes qu'il ne voulait pas être impliqué dans la vie du bébé, elle en était déjà arrivée à la conclusion qu'il lui fallait s'éloigner de New York.

Rowan et Eli partageaient leur temps entre les États-Unis et le Royaume-Uni. Willow espérait que Gwyn et elle finiraient par en faire de même.

Sur la scène, Sean et Kayla terminaient leur dernière chanson, sous les ovations du public. Lorsque la folie retomba, Sean s'approcha du micro. Après les remerciements d'usage, il déclara, sourire en coin :

— Je pense que, si vous le lui demandez gentiment, mon cher oncle Gwyn vous fera l'honneur de jouer sa toute dernière création.

Willow dévisagea Gwyn, intriguée. Elle l'avait entendu tisser de nouvelles mélodies récemment, mais il n'avait jamais parlé d'une nouvelle chanson. Pourtant, lorsque la foule commença à scander son nom, il attrapa sa guitare et se dirigea vers la scène.

Lorsqu'il plaqua son premier accord, le silence se fit dans le pub. L'air était magnifique, à la fois mélancolique et plein d'espoir. Mais ce furent les paroles qui la bouleversèrent. Le public entendait une superbe chanson autour de la solitude, des fantômes du passé et de l'amour, mais elle y entendait quelque chose en plus. Quelque chose qui comptait pour elle – pour eux. Gwyn chantait la peur, l'impossibilité d'aimer, la volonté farouche d'ouvrir les bras pour accueillir quelqu'un ; il chantait l'injustice de la vie, les coups durs et les souffrances, la fuite en avant. Mais il chantait aussi la rencontre avec la personne parfaite, avec l'alter ego idéal qui permettait de remonter la pente, d'affronter à nouveau l'existence, avec celle qu'il ne fallait jamais laisser sortir de sa vie. La chanson s'acheva sur une note d'espoir, sous les applaudissements et les acclamations.

Willow avait les larmes aux yeux. D'un geste, Gwyn demanda le silence.

— Alors, qu'en penses-tu, Willow ? demanda Gwyn.

Ses mots résonnèrent dans le pub soudain silencieux. Parce qu'il avait mis un genou à terre et sorti de sa poche une petite boîte en velours rouge.

Oh ! Mon Dieu...

— Mon amour, est-ce que tu veux passer le reste de ta vie avec moi ? Toi, moi et notre bébé ?

Willow laissa les larmes inonder ses joues et son sourire. Il lui semblait qu'enfin le monde tournait rond, que l'existence prenait tout son sens, que le bonheur n'était pas seulement un mot.

— Oui, répondit-elle d'une voix forte. Oui, je le veux !

Vous avez aimé ce roman ?
Retrouvez en numérique les histoires
des jumelles Rowan et Willow :
1. *Innocente femme fatale*
2. *Secrète tentatrice*